U0096588

划過日月
搖過潭

2010
高應大現代文學創作獎
得・獎・作・品・集

「2010高應大現代文學獎徵文活動」獲教育部教學卓越計畫補助支持，謹此致謝！

序一

校長　方俊雄

本校建校迄今已逾四十六年，原為以理工起家的「國立高雄工專」，為因應社會時代的脈動，於二〇〇〇年八月成立「人文社會學院」，讓原本充滿陽剛科技的校園，突然間豐富了起來，校內的文藝氣息日趨濃郁。這些年來，文發系的各項活動諸如：文藝季、文化創意公仔競賽、畢業美展等，以及藝文中心的美展、攝影展、古早味童玩展等，豐富了校園的內涵，也讓校園變得更活潑、更多采多姿了。如今的高應大已不再是單純的理工大學，而是充滿文化氣息的科技大學。

為積極營造校園的文化氛圍，在文發系的規劃下，每年辦理象徵高應大文學金像獎的「現代文學創作獎」徵文活動，希望藉此提升同學們的寫作興趣與文字表達能力，激發同學們創作思考潛能與榮譽感。今年的文學創作徵文活動又揭曉了，並已堂堂邁入第三個年頭，經過這幾年的辛勤灌溉，不僅在校內培育出許多寫作好手，同時也替台灣文壇發掘不少新秀。

值得一提的是，在眾多獲獎同學的名單中，我們發現理工科的同學不遑多讓，而且令人驚豔。做為本書書名的散文組第一名〈划過日月，搖過潭〉的作者吳婷雅即為工學院四

化材三甲的同學。尤有甚者，榮獲小說組第二名、新詩組佳作的陳建宏同學為電機所博士班學生，他不僅曾獲第一屆新詩組佳作、小說組佳作，同時也榮獲第二屆小說組佳作、童話組佳作、報導文學組第三名，三屆共獲七獎項，可說是多才多藝的全方位人才。工學院同學的表現完全打破一般人認為「理工科同學不會寫文章、不會填詩」的陳規，事實證明他們不但科技領先，更有文化創意的內涵。

整體來說，獲獎同學中文學院學生佔六成，非文學院學生佔四成，而文發系同學得天獨厚，佔獲獎同學的三成五，是獲獎最多的系所，足見其所受之訓練均較其他同學紮實。此外，新詩組全為理工、資管學院的同學囊括，而報導文學組則全為文學院同學的天下。這或許只是巧合，但極為有趣。

非常感謝文發系老師們專業的指導，評審老師們的辛勞，以及秀威資訊的編輯，讓本書得以順利出版。我們鼓勵所有同學亦能像這些獲獎同學一樣，平時培養敏銳的觀察力，凡事多用心感受，只要不斷地閱讀、不斷地練習，常常寫作、常常投稿，你會發現文學創作可以是快樂的、隨心所欲的，充滿了生活的樂趣。

序二

文化事業發展系主任　李穎杰

文化事業發展系擴大舉辦本校文學獎徵文活動，本屆（二〇一〇）已經是第三年。有了前兩屆的舉辦經驗，今年在進行上十分順利。比較可惜的是，因為今年的教卓經費補助萎縮，徵選的文類從上一屆的五項減為四項，保留新詩、散文、小說及報導文學，但暫停了童話類。

事實上本校同學的童話創作極為精采。繼前年童話組首獎〈微笑魔法〉（文發系林慧瑜）入選《九十七年童話選》（黃秋芳主編，九歌出版）後，去年童話組首獎〈交換勇氣〉（文發系林秀娟）再度入選《九十八年童話選》（傅林統主編，九歌出版），可喜可賀！無奈經費確實有限，而以往童話組的投稿偏少，只好先暫停一次。來年若經費充足，一定優先恢復童話組徵文，讓同學們有機會再展所長！

宣傳活動從上學期展開，直到本學期三月十五日截稿。共收到四大類稿件合計八十六篇：新詩三十六篇、散文十五篇、小說十五篇、報導文學二十篇。參賽篇數並不多。相較於去年，最明顯的縮減是新詩組。所幸新詩組評審一致認為本屆參賽作品水準極高。或許

是因為前兩屆的經驗，有些信心不足的同學不願再參賽。因此，參賽者雖然變少，但競爭卻更加激烈！

坦白說，主辦單位對於來稿的數量頗感困擾。一方面，我們希望同學們多多參賽；但另一方面，如果投稿者並未用心、抱著僥倖的心態參賽，則作品通常不佳，這又是主辦單位所不願見到的。

無論如何，經過三年的耕耘，「高應大現代文學創作獎」已成為本校指標性、例行性的文學活動。我們期望所有對文學創作有興趣的同學，多多利用本活動，互相觀摩、彼此磨練。

寫作是一種技藝。凡是技藝，都是愈練愈純熟。我們主辦這項活動的初衷，便是提供同學練習技藝的機會。有參賽就有收穫——這一點，三年來參賽過的所有同學，應該會有相同的感受！

祝福本屆每位得獎或未能得獎的同學！感謝每位評審老師蒞臨本校公開評審，給予同學指導！感謝所有參與「二〇一〇高應大現代文學創作獎」的本系同仁的辛勞！也再次感謝「秀威資訊」承辦這本得獎作品集的編輯、發行。

目次

CONTENTS

報導文學組

新・詩・組

‖二〇一〇高應大文學獎：新詩組第一名‖四金一甲／簡佑臻

等待

你說　會來找我
承諾的字句
在我腦裡
生根，發芽

午後的陽光映得一室昏黃
映出我滿臉期待
你要來了　你要來了
不斷的重複、放大
填滿了室內的每個角落

看一部電影的時間是一小時二十分
聽一張專輯的時間是五十二分鐘
看一本小說的時間是四十六分鐘
湊湊拼拼地消磨著

等待
一秒像是一世紀
總在想著，你
怎麼還不來……
還不來

天空褪色了
昏暗　陰暗

鈴～鈴～鈴～
突然的電話聲
刺入　膨脹得滿滿的期待

喔，你有事不能來
沒關係，我等你
下次……

◎評審評語

簡光明：全詩結構完整，用字精煉。第一段用「承諾的字句／在我腦裡／生根，發芽」精確地寫出等待的心情，發芽之後，就是第二段「不斷的重複、放大／填滿了室內的每個角落」。等待既如此重要，無法再專心他事，只有看電影、聽音樂、讀小說（「看小說」的「看」字宜改為「讀」），「湊湊拼拼地消磨著」時間。將近三個小時過去了，伊人未出現，期待的興奮之情轉為度「秒」如「世紀」之感。午後的陽光轉為昏暗，既是時間的轉移，也暗示事件的發展。電話鈴聲「刺入膨脹得滿滿的期待」，伊人終究還是「有事不能來」，結尾以主人翁說「沒關係，我等你／下次……」收束，亦見精采，下次將是另一次的等待，「下次……」充滿想像，使等待成為永無止盡的期待與失落的循環。

「總在想著，你／怎麼還不來……」似可將「你」獨字斷句，既可承上句而為「總在想著你」，又可接下句而為「你怎麼還不來……」。又，「怎麼還不來……／還不來」若改為「怎麼還不來／還不來……」，就修辭而言，具有頂真的功用，刪節號則使「還不來」不斷重複，充滿餘韻。

黃耀寬：時間一分一秒地流逝，作者仍非常有耐心地等待，等待著相約的守侯，等待著相見的喜悅。在文字成熟且細心鋪陳之下，我們愈來愈能感受到，每等待一秒，就好像等待了一世紀。我們閱讀的心情，也和作者一樣，愈來愈沉重。

這一次的等待，終究是一次失落。只能期待下一次的等待和守侯。

作者心境的描述搭配時空的掌握，都能恰到好處，所以得到本屆第一名。

林雪鈴：以時間為線索鋪陳等待的心情，在時間序上，從午後到夜晚，在時間的份量上，有時、分的計算，有看一部電影、聽一張專輯時間的計算，期待的心情隨著時間膨脹，最後被輕描淡寫的一通電話刺破，製造出全詩的起伏張力，而主角先前百般煎熬，結尾卻是一句寬容釋懷的：沒關係我等你，並且聰明的使用了「……」留下餘韻。主角沒現身，性情卻躍然紙上。

◎得獎感言

謝謝欣賞我的人，給了原本沒什麼自信的我信心。

當初會投稿，因為同學說「投了就有機會，為何不試試呢？」我心想嘗試看看，或許會有意想不到的結果吧，而結果出爐時，真的把我嚇了一跳。

有了大家給我的信心，我會更努力的，謝謝大家。

二〇一〇高應大文學獎：新詩組第二名

溫室下，阮籍與他的復活節島

技工三甲／王聖杰

（一）

該往何處去？
這末日預言下的人形舟子
遺失了靈魂的六分儀
航行似乎不再具有意義
即便循著南十字星
也只是呆板地重複著：
呼　吸、呼　吸……

（二）

難道，這是窮極進化論的推演
生存的最終姿態——
石化為這島嶼上的　莫埃
有的望著天
有的望著海
直至晝夜不再背離
膏晷無以焚繼
日月緊緊相擁
悼泣著崩裂、寂滅的文明
嗟夫！
渾沌復生
人卻噤閉七竅
覆上了灰黑的神秘面罩
不鳴而死……
這裡，成了另一個　拉帕努伊

（三）

翻開梭羅的日記
重新丈量華登湖畔的軌跡
時而矇矓
時而清晰
該是貝茲
還是費波納奇
奈何
生命的曲線如此蜿蜒
總繪不出個黃金比例
名詞顯得無義
動詞顯得無趣
錯置與扭曲的文字
也寫不全幾近碎裂的四季

我是那佇足而哭的阮籍
疏野的淚滴在鍵盤上失序
和著有聲無聲的馬蹄
緩緩地將自己Key in……
至無人的絕境。

◎評審評語

簡光明：「復活節島」是世界上最與世隔絕的島嶼之一，根據當地的語言稱為「拉帕努伊」，島上有被稱為莫埃的石雕像。阮籍則為竹林七賢的代表人物之一，志氣宏放，傲然獨得，好老莊之自然，嗜酒能嘯而善彈琴。「我是那佇足而哭的阮籍／疏野的淚滴在鍵盤上失序／和著有聲無聲的馬蹄／緩緩將自己Key in……／至無人的絕境」，於是「阮籍」與「我」合而為一，心境如在「無人的絕境」的「復活節島」。全詩警句不少，如「遺失了靈魂的六分儀／航行似乎不再具有意義」，六分儀原為航海作業中用於量度天體高度的儀器，轉用於此，頗具巧思。詩中以貝茲與費波納奇相關曲線為參照，說明「奈何／生命的曲線如此蜿蜒／總繪不出個黃金比例」，相當適切。

黃耀寬：這首詩的標題，本身就充滿了詩意，讓人更有興趣想一探復活節島和阮籍的關係。感嘆著偉大的古文明消失，也思索著人類的文明價值，生存意義何去何從。只是夾雜中西文學專業的詞彙，一般讀者可能較難賞析和理解，這也是這首屈居第二名的原因。

林雪鈴：單就題目已具有吸引力，看似不相關的時代、人名與地點，達到了引動讀者「詩」緒的效果。第一段用不知方向的航行點出本詩的主旨：存在意義的失落、用呆板重複呼吸點出只剩下存活這件事，手法高明，阮籍雖未現身，跨時代的苦悶心靈已經隱然揭出。第二段透過復活島寫文明的滅絕、第三段透過阮籍寫心靈的末路，兩相交織，塑造出淒苦幽深又迷人的詩境。

◎得獎感言

寫詩與繪畫都是我今生立定的夢想，更是一個不能遺忘的誓約。此番最高興的並非是得獎，而是終於朝著目標踏出了第一步。感謝評審們的青睞，希冀將來能再與喜愛新詩的同好們切磋，彌補此次未能參加「講評座談會」之憾。

二〇一〇高應大文學獎：新詩組第三名

四模三丙／蔡文琦

工學學位

密室幕狀的明燈宛如再前進一步
就快是出口
於是繼續埋首書山卷林之中
以孤傲的神態啜飲一口苦茶
揮揮衣袖拂去夜裡的陰霾
順道往茶渣上輾息縱火的焦慮
也許那讓人誤以為燒炭自殺的行為程序
是維繫精神要素中微小的樂趣
欲穿梭先人靈魂的窗口探究真理

腦細胞與卡路里就得先拿出點誠意
行賄這趟往學巔之途的守門人
倘若時程提早到了
顫抖的筆尖必會點出「真理為天」的突破口
隨手讓牛頓厚厚的五分鐘教誨
成為沸鼎之塔的能量守衛
好抒解日以繼夜持續著亂中有序的虛脫程序

倘若在七季蟬鳴後的登途中迷惘
試學會拿起無理成為紮營基材
疊起眼中風雨看似無力的可行遮蔽
也必須堅持下去！
即使是被巨人踩在肩膀上
又或者無法欣賞隔日的晨曦
但同為可見真理的信仰者之一

總要為毀滅地球　盡自己一份心力
只因科學源起時　冥冥大家都說好了
這是我們的默契

◎評審評語

簡光明：老子說：「知止可以不殆。」文明的發展會破壞自然，唯有放緩或者停止開發，自然生態才能循環不止。科學的發展原就以破壞自然開始，即便是全球學者提倡保護生態，恐怕已無法回復原來的生態，「但同為可見真理的信仰者之一／總要為毀滅地球　盡自己一分心力／只因科學源起時　冥冥大家都說好了／這是我們的默契」，既呼應篇名「工學學位」，又具有自我解嘲的意味，結得巧妙。

黃耀寬：這首詩的主題和內容，很能代表高應大傳授專業知識和理工科學的校風。也探討追求科學和追求真理的動力和良知，但是科學的默契是什麼呢？並不是很容易讓人理解呢？而且這首詩的句子並不是很洗練，有太多散文化的毛病，所以這首詩只能得到第三名。

林雪鈴：筆法老練明快，文字精簡酣暢，很見創作功力。作者以熟悉的生活背景為素材，剖析自我處境，尋常的事物在筆下寫來卻別有意趣，如將捻熄煙蒂寫成：「往茶渣上捻熄縱火的焦慮」，便是不著痕跡，寫事兼寫情的佳句。本詩的張力在於處處寫程序，卻是失序，主題是沉重的，口吻卻故作輕活，自我解嘲，因此別有一種閱讀的趣味，風格突出。

◎得獎感言

謝謝評審老師給予身為反派角色的學生之作品肯定，學生定會如往常般用心學習，朝向更高目標精進。

二〇一〇高應大文學獎：新詩組佳作

電機所博士班／陳建宏

沒有過去

週日下午打掃讓孤獨的時光崩毀
掃把甩尾跳舞　抹布消滅小人　紗網打卡換班 垃圾去遠方旅行
丟掉會灼傷睡眠的舊情人禮物
排列書架上所有智慧
就跟重新編纂秋天一樣

擦拭旅行紀念品並不是擦拭布拉格之春
集合遠走他鄉流浪的明信片
他們說　我跟旅客一樣　只是想家的書籤
撥開衣物叢林

或許會發現刻在牆上的志願　如何在考卷上湮沒
中學的鉛筆墨跡和無邪笑靨　在斑駁書桌上變成佈景
消失的聲音的不只是理想

中學陪你曬傷的長笛
滑上去的旋律到不了幸福洋溢
貼滿貼紙那面鏡幫你拭去兩寸灰
你就可以看歲月如何在相片中褪色

清理了浴室地板跟自己腦海
無從反抗地將結繭的回憶　洗去薄薄一層
排水孔的旋轉木馬　只是微不足道的嘆息
把髒衣丟進洗衣機　腦袋沒辦法和世界同步滾動
洗下來的遺憾　卻依舊堆在原本的角落　愈積愈多
摯友曾經呼喚那個甜膩的名字

在窗口發霉　窗外落葉繽紛涵泳
酴醾跟你爭春　寂寞也開始來

把收音機的協奏曲吸進肺裡
以阻擋大門沙啞的飄揚
軟弱了街燈的閃爍
也逃避門外那些會消耗笑容的車水馬龍
把時間拭得很乾淨
不小心遺落在口袋的童年
掏遍了就連片頭也找不到

我們清潔掃去了歷劫的灰塵
還有桌腳下熱烈而潮濕的秘密
或許還能尋訪心中那份柔軟會唱歌的畫
角落玫瑰蔓蔓盛出整花瓶的雨季

打濕了我們嶙峋的模樣
令人想念的溫度沒辦法譜韻腳
只好重複打掃的動作　又一次上演塵埃落定
拖把跟地板不適當的匹配和弦
無須悼念過去　旋轉發條就會自動走到遙遠前方
把生銹的心情帶到垃圾場
找到夢裡轉角那棵行道樹
乾乾淨淨沒有過去

◎評審評語

簡光明：全詩扣緊「打掃」時的所見所思，希望經過打掃，能夠「乾乾淨淨沒有過去」，用語精煉，處處見巧思，如「排列書架上所有智慧／就跟重新編纂秋天一樣」，「把髒衣服丟進洗衣機　腦袋沒辦法和世界同步滾動／洗下來的遺憾　卻依舊堆在原本的角落愈積愈多」，「令人想念的溫度沒辦法譜韻腳／只好重複打掃的動作又一次上演塵埃落定」。惟篇名「沒有過去」稍嫌平淡。作者才華頗高，文字的駕馭能力應屬本屆新詩獎參賽者之冠，若能再加研尋，當能在詩壇綻放光芒。

黃耀寬：這首詩的主題是過去，但是表達出來的事項和意境，彷彿是比過去還要多的過去。內容和敘述語句顯得有點雜亂，沒有一項可以深深留戀的過去，這是比較可惜的原因。

林雪鈴：以打掃開篇，掃的明著是骯污，暗地裡卻是回憶，這是本詩的高明之處。歲月遠逝，回憶是時間留下的紀念品，這些紀念品共通的名字叫過去。因此作者沿著過去來寫，先是透過打掃發現了「過去」，然後體悟「過去就過去了」，追逝是無效的，末尾點出「沒有過去」的主旨，渴望一個乾乾淨淨，沒有傷懷的夢境。詩境層次的開展，非常出色。全詩處處佳句，作者具有非常慧黠的文思。

◎得獎感言

感謝評審青睞。

將來會發生什麼事沒有辦法預測，世界變化太快，大家忙著跟上腳步，落了一點又要急忙跟上；但是人的生命有限，也許是要提醒著自己時時刻刻惜福知足感恩吧！

二〇一〇高應大文學獎：新詩組佳作

四模延修／吳俊穎

青焰

那熊熊青焰
　燃燒
燒過草皮
燒過樹叢
燒過田埂
燒過果園
燒過正陽門
燒過斜張橋
燒過陸軍軍營
燒過中式餐廳

燒過廢棄的工寮
燒過半夜的車站
燒過歷經滄桑的長城
燒過莊嚴肅穆的神殿
燒過吵雜繁忙的朝九晚五大城市
燒過山明水秀的世外桃源小農村
燒過那男孩趟在樹下睡著時的香甜美夢
燒過那女孩站坐岸邊沉思時的寧靜氣氛

燒 燒 燒 燒 燒 燒 燒 燒 燒
燒 燒 燒 燒 燒 燒 燒 燒
燒 燒 燒 燒 燒 燒 燒
燒 燒 燒 燒 燒 燒
燒 燒 燒 燒 燒
燒 燒 燒 燒

燒燒燒
燒燒
淚

親愛的
無須多說
在愛妳的我轉身離去時請別看著我的背影

◎評審評語

簡光明：詩中的圖像設計能與主題「青焰」相呼應，尤其在「燒」字排列成的火炬頂端用「淚」字，頗有畫龍點睛之妙。圖像詩雖以圖像的創意取勝，惟若能在詩的意境上略為加強，更為可觀。

黃耀寬：這首詩的圖象意識和主題意識表達的相當好，很有創意，圖象記號也很強烈。但是這首詩用了太多的排比句型，太多就成了陳舊的負擔。而且這首詩的青焰延伸，缺乏由近到遠，由小到大，由過去到現在，由現在到未來的時空動態延伸。作品若經過修辭的琢磨，可以更進步。這是得到佳作的原因。

林雪鈴：詩味濃厚，很有創作意念的作品。透過物象的堆疊，男孩與女孩的故事自然在讀者心中成形。節奏明快，情感熾烈，千言萬語燒出一滴淚。有別於前文的決絕與快節奏，結尾用舒緩多情的一句寄語來承接，製造出很好的起伏落差。青焰為何而起？作者沒有多著墨，只提出一個愛你卻需離別的場景，留給讀者解讀與投入自身故事的空間，充滿餘韻。

◎得獎感言

那天下午，高雄的天氣熱得像火山爆發。我索性躲進一間百貨公司，在一個保養品專櫃前逗留，順手拿起一罐藍色的香水，噴在手腕上，聞……我想新詩如香水，多只聞其美妙而不知其深意，所以還得感謝賞識我的前輩們。

◈新詩評審簡介

簡光明：台灣高雄人，國立台灣師範大學國文所博士，現任國立屏東教育大學中文系主任。專研道家思想史、台灣醫護文學，推動文學與電影學術研討，著有：《蘇軾〈莊子祠堂記〉的接受與評論》、《宋代莊學研究》等書。

黃耀寬：現任台灣時報副刊主編。

林雪鈴：中正大學中文所博士，現為文藻外語學院應用華語文系助理教授。研究領域以古典詩歌、神話傳說、華語文教學為主。擔任「新詩寫作」課程教師，與新詩教學有關的論文有：〈以啟發詩性思維為導向的新詩教學設計〉、〈圖象的閱讀與再創作——奈良美智作品在新詩寫作教學上的運用〉。

散・文・組

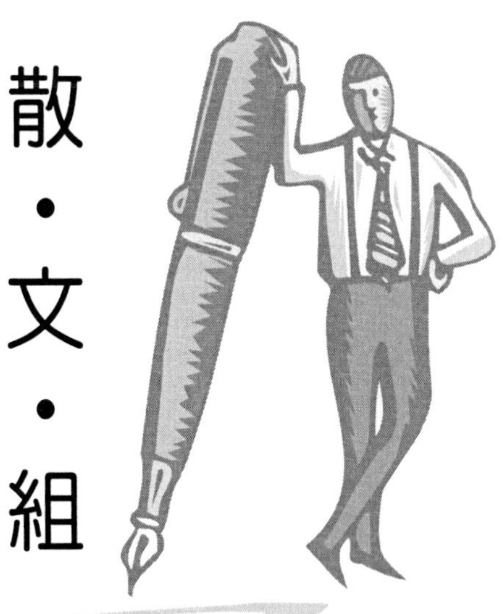

二〇一〇高應大文學獎：散文組第一名

划過日月，搖過潭

四化材三甲／吳婷雅

「未滿十歲，我就懂得划船，只因——我愛這裡　日月潭。」

這是當年我穿著花女「阿婆裝」做的地理報告主題。我的爺爺和大部份的老潭民一樣，靠著出租手划船來養大我們，從小好奇心重的我常跟在他身後拉船、放水、捕船……唯一沒遇過的，大概就是翻船了吧！報告當天的比手畫腳、口沫橫飛，至今感覺還記憶猶新，如今，看著它，讓我百感交集……。

很多人都羨慕我，怎麼生長的家鄉不是好山好水的花蓮，就是擁有日月的明潭？我的家鄉，滿足了到這匆匆來訪的遊客們，那我們呢？需要的是什麼？商業化？

過年應景的樂音，成功的熱鬧了碼頭的老街，踩著鋪滿由外國進口過來的美麗石磚，旅遊的心也跟著喜悅了起來，老街的兩旁站滿了熱情的商家與攤販「人客呀！來吃飯啊！」，還有各家的遊艇，一個比一個大，一台比一台新，擠阿擠到了碼頭，擺了幾十年那張貼著「手划船」的桌子不見了，取而代之的是「最新遊艇，輕鬆遊明潭」的標語與招呼。

變了，這裡一切都變了……。我早該在家後那片種菜的沼澤被填平的那天就該明白，我早該在家旁的那片水域被填起來做停車場時就該料想到這天，早該在那一堆堆進口石磚到此霸佔地盤就該想到這副模樣，早該，我早該……。

記憶中的日月潭不是這樣的，它是個氣質清新的鄉下女孩，她的活力在日月湧泉中源源不絕，在這鮮少有汽機車的蹤跡，飛揚的塵土和廢氣是從未有過的名詞，小時候每一回見到它，總會不自覺得欣喜，雖然它沒有都市女孩的絢麗，但它起霧時眼底淡淡的羞澀與霧散時非凡的自信，讓年紀小小的我——心傾，耳根子清淨了，呼吸也輕鬆了……。

無論在日月潭的哪裡，都不難看見那顆翠綠的拉魯島靜靜的浮在水面上，幽靜而神祕，拉魯島，他曾是我們童年的目標，想靠自己的雙手去朝聖。小時候，阿公總是趁碼頭沒有客人的時候對我說：「光華島（舊稱）上啊！有一個月老，卡早你阿爸也有去拜過喔！才會娶到妳媽媽，等妳以後大漢了，阿公再開船載妳去拜，順便看看日月潭，在潭中心看。」聽了阿公的話，讓小小年紀的我對島上的景色有一種莫名的憧憬與嚮往，三天兩頭央求著爸爸帶我去看看，有一回在廚房忙的爸爸被我吵的沒辦法，只好拉著我的手出

來，當時我還以為我終於可以上島去了呢！開心的歡呼著！未料，他只是從抽屜裡翻出一張已泛黃的照片遞過來，照片上依稀有一個白鬍子的老公公，我想他應該就是月老，雙手拿著紅布條，布條的尾端正被一旁好奇的小女孩把玩著。「喏！小時候就帶妳去過啦！」語畢便丟下歪著頭努力回想的我回廚房去了。

拉魯島啊！這十幾載的光陰我總在岸邊與你遙遙相望，你可知我對你的渴望？每次在碼頭牽船，總不忘提醒遊客划個半小時去一窺拉魯島的神秘，看看鄒族人的聖地，而我呢？說實話，至今都還未曾划著小船一親拉魯島，真想去看看當年爸爸帶媽媽去約會的定情地，卻每每剛划出碼頭，便看見客人下來了，又急忙划回去，只好藉著一次一次對遊客的提醒，一次一次的目送，就像將相思化做一葉葉扁舟，希望他們能將我的心意傳送到有你的那一端。

再一次坐船到島上是九二一之後的事，昔日的聖地已滿目瘡痍，樹木已被坦克輾過一般，看了真的好難過，你美麗的身影我記不得，當我大些有能力記憶你時，見到的卻是如此殘破不堪。接著，我看見那熟悉的白鬍子老人，跑了過去，像是災難後與故友重逢，祂已傾斜接近四十五度，頭也破了一個大洞，在視線模糊中依稀聽見爸爸痛心的說：「都是因為想發電，前一天沒放水，日月潭水位太高才會這麼嚴重。」。之後，月老被接到岸上的龍鳳宮，而你也被鄒族以聖地之名用浮排封了起來，再也無法上去了，岸上的我雖然覺得可惜，可是隨著一年年看到你慢慢的從地震過後的土色，復原為當初的翠綠，內心還是替你欣喜的……。

人們依舊喜愛著拉魯島，我們這群天天待在碼頭上的牽船孩子，偶爾也會把單手划到島當賭注，不過我們一次也沒有執行，船收完就急著各自回家填飽早已空的肚子。偶爾會到中間將體力不支划不回來的遊客給拉回來（那超重的），偶爾會有遊客上岸時滿足的和同伴分享島的近照，偶爾也會請我們幫他以島為背景，拍下當下的笑容，但有時候也會看到遊客拿了滿手的花草走了上來，在讚嘆他能爬上浮排的好身手之虞，內心更夾雜了痛心的咒罵（真想一腳將他踹下潭去，做一個更親密的接觸。）。

現在的人都不搖手划船了嗎？

手划船，兩人坐，在風光明媚的潭上輕輕的搖著，是早期日月潭上的重要交通工具。在一切都以人力為主的時代，不論是抓魚、遊潭或到拉魯島都必須依靠手划船，一槳一槳的邁向目的地，沒有偷懶的捷徑，我一直都很喜歡這種踏實感。

多麼浪漫的一件事，在一個陰陰的午後，男孩輕輕的搖著槳朝向那鄒族的聖地打著圈，一路上靜靜的看著周圍的景色，偶爾害羞地瞄一點對方，隨即又臉紅的瞥過頭去，聽

說當年爸爸就是這樣划進媽媽的心田裡。聽說我第一回上船時，是在我還不會走的時候，當然，我壓根記不得，如果不是爺爺翻出照片，我不會知道（而現在我開始懷疑，小時候爸爸懶得抱我睡時，是不是都會偷偷把我放在船上，划到潭中讓水搖我入眠？）。第一次到碼頭牽船的時候，我這拿破崙的身高與家傳特有的娃娃臉造成不小的困擾，遊客們都不相信我就是牽船的人，深怕自己一上船就把我給拽下水去，要不是剛好爸爸在一旁拍胸掛保證，可能他們就要一直呆站在岸邊了吧！縱使在甲板上站一天，我都沒有感到頭暈，沒想到收工回家去才是噩夢的開始，回到平地卻感覺地板開始晃了，好搖好搖，持續了好幾天……。

曾幾何時？她已成長到偷擦媽媽口紅的年紀，開始抹上了珠寶的色彩，披起了國外進口的石磚，眼底閃爍起紅紅綠綠的光芒，說起了大聲公，塗上咖啡香……。她美嗎？美！這是遊客一致對它的看法。從什麼時候開始的？遊艇悄悄的跑到我們旁邊，岸上高分貝的小木屋與一旁安安靜靜貼著「手划船」的小桌子形成對比……。猶記去年回此，那次是我長這麼大以來唯一一次沒有到碼頭去，聽著五歲的么妹在爺爺面前吵著要去划船，爺爺的面無表情，不知是難過，還是真的重聽沒有知曉。爺爺的手划船，賣了！孕育著我們這些子孫成長的船，賣了！原因在上回爸爸強忍著淚水對我說：「阿公已經跌到潭裡三次了，三次了耶！還好沒傷到頭，一個八十歲的老人……。」我已明白。對我們這些兒孫而言，可能只是回去沒船可划，少了一個玩意兒，對爺爺來說，卻像是出賣了陪伴他幾十年光景的好夥伴。

爺爺的家不再有船，不過倒是還有很多槳，他曾自豪對我說：「那是阿公自己去山上砍的，木頭都很好喔！以後他們要換時再賣給他們。」，以前他老是跟我們說：「不是木製的，不好。」。不需再到碼頭牽船的我們，多了很多的時間往山上跑，這才發現，其實，這裡有很多很漂亮的步道，以前走的時候草很長，還得擔心會不會有蛇出沒，經過整修之後，敢走的地方多了（「解放」的地方少了），也發現了好多以前從未發現的景色，現在回去，總會陪著爺爺每天都去走一走環潭步道，爺爺就像一本故事書，透過一支又一支的指頭，告訴我那是蔣公以前的船、這是新整修的涵碧樓、那是抓魚用的、這是阿公以前放船的地方、那是龍鳳宮、耶穌堂、文武廟、慈恩塔、橄欖樹……「喔！橄欖樹，卡早你爸總愛拿石頭仔在下面丟橄欖，結果橄欖掉下來打到他，哈哈哈！」聽著阿公爽朗的笑聲，我也笑了。

這次過年，遠嫁到香港的姑姑突然說想到山上的舊家看看，爸爸開著車到了豬哥坪，一路上姑姑就像個終於要回家的小女孩不斷驚呼著：「路以前又小又窄還有蛇，細漢上

學都要與附近小孩一起結伴走好幾個小時的山路，男生走前面女生走後面，有一回樹上有一條蛇，男生愛玩把蛇抓下來甩，結果這麼一丟，丟到後面一個女生的脖子上，大家嚇死了，還好那條蛇沒有用力纏著，否則後果不堪設想。」「還有一次在學校肚子痛，老師不知道家裡這麼遠，要我自己一個小女生走回家，結果我在半路上遇到「阿西（精神有問題的人）」追著我跑，嚇的趕緊跑回家去，還好他沒有跟著我跑回家，哈哈哈！是因為後來台電的基地搬過來，現在路才變的這麼大條這麼好走，真好！以後要回來看看就方便多嚕！」

開了一個多小時忽高忽低的「雲霄飛車」，我們終於到了，阿公指著一小片雜草叢生的空地宣示著「老家」的位置，原來以前住的茅草屋早就倒了、爛了，當年這裡沒有自來水與電，要出去讀書、看醫生、買東西都要走上好幾個小時，尤其是看醫生，爸爸說：「你伯父以前很容易生病，只要一感冒就肺炎，吃藥包都吃不好，阿嬤只好背他下去水里看醫生，不只要爬山、還要過河，那條河沒有搭橋的，得靠走路走過去，河深又急，連背在後面的伯父屁股都濕了，不知道沖倒了多少人，沒辦法啊，再難過也要走過去。」這時我才知道，爸爸的童年生活過的比以前電視演的「阿信」還要艱苦，那是我永遠都無法想像的，原來我們從小到大理所當然的電力，一轉開水龍頭就有的水是多麼的得來不易，多麼可貴。

生日的爸爸聽到我想寫有關日月潭的文章，他很開心，有點「馬拉桑」的言語中，透露出滿是自豪的神情，感覺到他是期待的。這裡也許改變很多，雖然有些喜歡，有些不習慣，但我明白對爸爸而言，這是他的根，我相信他不管走的再遠，都會永遠愛著這片土地。期待，當純樸村姑變為華麗女孩之後，會揮別這過渡期，有成熟的一天，找尋到屬於自己的魅力，走出去，讓我將來也可以自豪的對著我的孩子說：「你看！這是阿公的家喔！我很愛這裡。」

◎評審評語

蔡文章：書寫明潭過去與現代的異同，探掘「故鄉」最富湧動的生命能量。懷念過去的美好，關懷現在的改變。敘述故鄉與親人，尤其是爺爺養活一家人的辛勞，刻畫出親情之愛，而一再呈現的「拉普島」是明潭聖地，是作者無法忘懷的臍帶。本文勾勒出鄉土情懷，對地景、地貌、人物時時緊扣主題，給人一氣呵成之感。

吳燈山：題目新穎，能讓讀者對文章「一見鍾情」。取材好，對材料又能加以適當的剪裁，描寫動人。難能可貴的是文中幽默的笑果，增添閱讀的趣味。

徐嘉澤：內容一如標題，讓讀者可以隨著作者的筆乘在記憶的小船上往前追溯作者童時及父祖輩的日月潭風景，藉著潭景的變化、拉魯島經九二一之後的瘡痍、手划船的不再……深刻完整的描述一個地景的過去與現在，文中有著濃厚的愛鄉愛土、珍惜愛物的情懷。

◎得獎感言

對於日月潭，大家總愛說——美。然而這美麗風景區背後卻有著這麼多的故事、在地人的情感、隱憂跟期許，希望大家在開發這片土地的時候，也不忘去聽聽這些聲音。

最後想以此文對孕育我們家族成長的「船夥伴」，致上最高的感謝、思念與尊敬。

二〇一〇高應大文學獎：散文組第二名

獨家兒憶

四文四甲／王玟雅

一

「騎快一點，表姊，妳騎快一點啦！」在腳踏車後座的我對著氣喘如牛的表姊說。

「是——要——多——快？妳很——重耶！」上氣不接下氣的表姊對我說。

「哥哥和姊姊都不見了。」眼前的表哥已經載著姊姊消失在我們視線。

還未就讀幼稚園以前，我和姊姊是在奶奶家長大的。大我們七、八歲的表哥表姊是唯一的玩伴，表姊家就在奶奶家對面。有時候我們會去表姊家過夜睡覺。在奶奶家睡覺時間就要乖乖躺好，但在表姊家就不是這樣了，即使已經過午夜十二點，我和姊姊分別會跟著

表哥表姊分成兩組玩枕頭大戰，就只是一直拿著枕頭打來打去，我們仍玩得不亦樂乎，三天兩頭就往表姊家跑。

每天下午四點半我和姊姊就會準時在巷子口等表哥表姊放學回來，要出去玩只能依靠他們。通常表哥載著姊姊，表姊載著我，兩台腳踏車就騎到附近晃晃。路上有一間雜貨店，店門口的前排是抽玩具的區域，擺著酷炫的機器人和最新的汽車模型。後面一整排是透明桶子裝著五顏六色的糖果及蜜餞，左邊區域則是各種類的餅乾及泡麵。雜貨店的老闆是一對老夫妻，只知道人家都叫老闆「鐵伯」，鐵伯常常都是一號表情，不會太熱情地招呼我們，只會站在旁邊，我們有什麼需求才會開口說明。

小時候的零用錢不多，扣除掉買餅乾的錢，就只剩三、四塊。我們就會拿來玩抽紙籤遊戲。不管是抽蕃薯籤的或是抽綠豆糕的都有，一張就是一塊錢。而玩具類的價錢是五塊錢一張，但並不是每一張都會中獎，「銘謝惠顧」的機率是很高的。「鐵伯，買五張抽機器人的。」當鐵伯撕下五張紙籤時，表哥又說：「不然三張好了。」每當表哥反覆的買紙籤張數時，鐵伯就會生氣地問到底要幾張，不要變來變去。其實表哥是想開鐵伯的玩笑，想看他會不會有別種情緒出現，也因為這樣，鐵伯對於我們四個小孩印象就特別深刻。我和姊姊每天都在期待表哥表姊的放學時刻，鐵伯的雜貨店變成我們每天固定報到的地方。

有時候奶奶會要表哥幫她去雜貨店買醬油，我就會跟著哥哥一同去。我們會利用買完醬油找的零錢一人選一支冰棒，最常吃的是手指形狀的巧克力冰棒。就這樣，表哥一手拿著醬油，一手拿著冰棒。跟在旁邊的我緊抓著表哥的衣角，也趕在回家前把冰棒吃掉。這是屬於我和哥哥倆人的小秘密。

過年期間，街上到處充滿喜氣洋洋的紅色，好幾家賣春聯的生意特別好。打彈珠攤販的前面也坐了滿滿的小孩。過年是小孩子最能肆無忌憚、理直氣壯玩的節日。我和表哥表姊也不忘到雜貨店光顧。在遠處就看見眾多的大人小孩，有圍在店門口開心玩鞭炮的、有圍在紙籤區祈禱抽中大獎的，雜貨店擠滿了買零食、抽紙籤的人，鐵伯的太太也忙著應付其他客人。從口袋拿出紅包，抽了一張全新挾著紅包香氣的一百元，開心對鐵伯說：「我要買十張抽獎的！」「好好好，妳要買幾張都可以，有錢都嘛可以買。」鐵伯也開心地回應我。

這是第一次我看見鐵伯的笑容，笑彎了的眼睛，加上長長斑白的鬍子，眉毛也有些灰白，笑起來挺親切的，比平常鐵著一張臉好太多了。不知道是不是鐵伯不常笑的原因，才讓人取了「鐵伯」這個綽號。雜貨店的生意好到不行，我想這是鐵伯今天會微笑的原因吧！

自從搬離奶奶家，已經看不到雜貨店的出現。滿街的便利商店一間一間地開，有冷氣、有更多的零食選擇。我也從跟在表哥表姊後面跑的小丫頭變成高中生了。利用今年春節回奶奶家，也特地到了雜貨店。雖然有應景的紅色春聯裝飾，但卻冷冷清清不見有擠滿人潮的景象。鐵伯坐在椅子上打著瞌睡，原本後面一整排桶裝的糖果蜜餞已縮小成三、四個，掛滿牆壁的紙籤也剩下少數幾排，遊戲機台更因環境改變，早在好幾年前就已淘汰收掉了。

「妹妹，好久不見，喔，妳現在長大了喔！」鐵伯太太從店裡走出來，熱切地對我說，也驚醒了睡夢中的鐵伯。「對啊，很久沒有來了，很想念這裡。」「妳一個人來喔？妳哥哥沒有一起來喔？」鐵伯看了我一眼對著我說。「對啊，我一個人來。」想不到鐵伯還記得表哥，那個在鐵伯眼中是死小孩的表哥。鐵伯問了我需要什麼，我從包包掏出一百元，微笑地對著鐵伯說：「我要買十張抽蕃薯籤的！」

二

在家裡樓上的倉庫尋找資料，無意間踢到了一個鐵盒。「碰」的一聲，我停下找尋的動作，發現腳旁有個佈滿灰塵的鐵盒子，是最喜歡吃的蛋捲禮盒。輕拍鐵盒上的灰塵，好奇心驅使我打開它，原來小時候的照片都放在這兒了。第一張映在我眼前的是一位笑得很燦爛的女孩坐在老虎雕像身上，另一位則正要跨上去老虎身上，那位正在跨上去的女孩就是我。有好幾張照片因為時間太久都黏在一起了，有泛黃的，有被刀子劃過的，總之應該是小時候的「傑作」。

還有一張照片是我和姊姊站在一座火車頭前，那時才幾歲的我們，也不知道要看著鏡頭，只開心的比著「耶」手勢，小小身影與巨大的火車頭形成有趣對比。我放下原先要找資料的工作，抱起鐵盒往弟弟的房間走去，拿出一張張的照片仔細回味。回想小時候，虎尾的糖廠仍然有小火車載運甘蔗。這座火車頭是民國六十年它「退休」後，就乾脆留下來放置在公園內給大家參觀。火車頭是可以爬上去的，我就很喜歡爬上去坐上駕駛座，轉著小方向盤。只不過現在火車頭很少有人清理，風沙塵土都覆蓋在上面了。

放置火車頭的是「同心公園」。位置就在虎尾糖廠對面，之所以有它的存在，是為了給糖廠員工及他們家人有個休閒場所而設計的。在我們這裡，能拍照的地點不多，公園內有花花草草、有同心造型的魚池……等，理所當然的就成為爸爸媽媽帶我們來拍照的最佳場所。十張內有九張都是在這拍的，足以表示它對我們家的重要性。慢慢走進公園裡面會看到非常多及高大的樟樹，它們已有相當久的年代。樹根都緊緊扎在地下，浮在地面上的

樹根也糾纏成一塊。因為樹非常多，形成一大片濃密樹蔭，不怕給太陽曬到。公園入口處還有糖廠冰品販賣部，有很多種口味的「枝仔冰」，有紅豆、綠豆、百香果……等，一支十塊錢，假日來時人都滿滿的，對於才幾歲的我們能吃到冰棒是多麼難得的事情，爸媽知道我們喜歡吃冰棒，會帶我和姊姊先去挑選冰棒，再邊吃著冰棒邊往公園裡走去，那酸酸甜甜的百香果滋味，是我忘不了的味道。

往公園後方的老虎雕像走去，公園內為什麼有這隻老虎雕像的存在，到現在我仍不清楚，只知道它可以說是陪著我長大的一隻「老」虎，我都長大了，它也有年紀了吧！在老虎雕像後方可以看到鐵橋及河堤，鐵橋其實是鐵軌橋，在它旁邊還附有人行木板橋，這座鐵橋當時也是載運甘蔗及各種原料運輸用的，也是虎尾街上和對岸橋上居民的交通要道。表哥表姊常常帶我走到一半的地方，故意丟下我，要我一個人獨自走回去。小時候怕高，低下頭看就是溪水，常常哭到一把鼻涕一把淚，他們才願意來解救我。

經過縣政府重新改建，讓旁邊的人行木板橋加了安全防護，現在可以行走木板橋從頭至尾，體驗早年渡過這條危險鐵橋的感覺。傍晚時刻坐在河堤上，可以看見遠方陸橋上的車子在流動，聞著從糖廠大煙囪飄出來的濃郁蔗糖香味，看著太陽公公回家。往回走能看見一位戴著斗笠的農人雕像。他抱著長長的甘蔗，長度是從地面到農人頭部以上的，是當時引進新品種甘蔗的紀念。看到這座雕像，能感受到當時農人為了提煉香甜的蔗糖而栽種甘蔗的辛苦。還記得爸爸會在閒暇的下午帶著我和姊姊去公園做一項有趣的事情，那就是——灌蟋蟀。爸爸會給我和姊姊各兩個大大罐的空保特瓶，要我們去裝水，我們就會跑到遠處的公共廁所把保特瓶裝得滿滿的再跑回去拿給爸爸。爸爸說要看草地上有沒有洞，有洞的表示裡面有蟋蟀，才能把水灌進去。我和姊姊就會待在爸爸的兩側，看著爸爸把水一罐罐的倒進去，水不夠就來回地跑來回地裝，然後安靜地等待蟋蟀跑出來。現在已經好少聽到灌蟋蟀了，大家都在玩遊戲機，果然隨著時代不同，兒時樂趣也不一樣了。

我把鐵盒蓋上，下樓帶著相機，牽起腳踏車，沿著小路往公園方向騎去。公園入口處多了好多攤販，有香腸攤、有玩彈珠機的。砂畫攤前有小朋友開心地用五顏六色的砂子，一一倒在紙上作畫。他們正在腦中刻畫最獨一無二的世界。走進冰品販賣部，雖然人潮不像以往的多，但還是有些許從外地慕虎尾糖廠名而來的旅客。也因為這些旅客，販賣部的冰品種類更豐富了，不再只有少許的口味而已。我買了最喜愛的百香果冰棒後就走進了公園。大樹仍挺直地站著，火車頭也沒有不見。只是老虎身上的橫紋斑駁的明顯，同心造型的魚池也看不見自由自在的魚，盡是黑色水面漂浮著落葉。走在照片中每個地點，用相機

記下十多年後的現貌。景物舊了沒關係，多的是不同以往的味道。靜悄悄的公園只聽到歷史在流動的聲音。

三

登登登登

鐵路平交道聲音急促地響著。

道路上的車輛在我眼前緩緩停了下來。一輛接著一輛，像排成一列列的火柴盒。讓媽媽牽在手裡的小弟弟，也因為平交道的聲音，從吵鬧中安靜了下來。大家就如同禮讓老人一般，靜靜等待火車經過。

我站在鐵道前五十公尺的地方數著：「一、二、三、……」這一次總共有十七節車廂。每當火車經過時，眼睛總會停留在它身上。看著車廂一節一節地過去，強烈地感覺到火車盡全力往前行駛，車廂間引發的聲響和著平交道的急促聲，好像要讓人知道它是多麼地盡責，沒有一絲偷懶。車廂數完，火車也在我眼前消失了。家就在鐵路旁，冬天製糖興盛期，一天裡來回跑的火車至少數十次。運送糖廠所需的甘蔗、原料，是糖廠最重要的交通工具。這條鐵路也是唯一路徑。火車車廂的高度只有人的一半，大家通稱它為「五分仔車」。車廂容量不大，甘蔗堆積較高時，會因途中顛簸把甘蔗碰撞下來。火車過後，如同砂石車駛過馬路，揚起飛沙，鐵路不知不覺就堆積了沙子或掉下來的甘蔗。卻止不住濃郁的甘蔗甜味飄向附近的每一戶人家。

登登登登

鐵路平交道的聲音又響起。

「啊，是火車！」我跑出門，只看見姊姊過了鐵道的背影，接著是一節節的車廂映在我眼前。「等火車經過，上學應該都遲到了。」嘴巴雖然這麼說，但其實心裡非常高興。能在上學前看到火車，遲到也無所謂了。又習慣性地數起火車有幾節車廂。並不是每一次都能數到十幾個車廂，有時列車很長，有時卻只有火車頭。這天不用上學的中午，大太陽。鄰居家的小孩都躲在家裡看電視吃冰，只有我一個人蹲在鐵路旁拔著地上的小草玩。不時望向遠端那頭，期待看見火車頭的黑影出現。既不是玩扮家家酒，也不是玩鬼抓人，等著火車到來就是我最大的興趣。

隔壁家的林叔叔是負責駕駛開往糖廠的火車。每次見到他的人，我總是問著他火車從哪裡來的？怎麼讓火車在鐵路上行駛？下次可不可以也戴著我一起坐在火車的最前端。

可能難得有小孩對火車感興趣，林叔叔笑著摸摸我的頭答應說：「那麼喜歡火車啊？好！下次有機會讓妳坐在最前面，當駕駛員。」趁著十一月製糖興盛期，叔叔實現我的願望。載著我到運送甘蔗的起點，看著如何把龐大的甘蔗運到火車上。雖然我的力氣幫不上他們的忙，但仍跟在運甘蔗的工人叔叔屁股後面走。等到甘蔗全部送上了火車，林叔叔也抱起我坐上火車頭。坐在火車上的我看著前方興奮地說不出話來。感覺自已就像大巨人般，在高高的火車上，窗外的路人及車輛瞬間都矮了一截。震耳的氣笛聲響起，火車也開動了。車廂與車廂之間喀喀作響，搖搖晃晃地駛離原站。探出頭，廣闊無際的天空，一群麻雀沓意飛翔。沿路駛向廣大的農田，有正在犁田的牛，經過雞舍和豬舍，難聞的氣味飄進了鼻裡。再平凡不過的情景頓時都成了有趣的畫面。

「快到家了，快到家了耶！」我開心對林叔叔喊著。火車慢慢駛過家裡。以往都是站在鐵道旁數車廂的我，現在則坐在火車上頭。此時此刻，真想讓姊姊和鄰居小孩看到這般威風的情景，好讓他們羨慕。到達了糖廠，工人忙著卸下甘蔗。我也不打擾林叔叔工作，自已在糖廠附近遊玩。不久，糖廠炊煙裊裊，高聳的煙囪冒出白色煙霧，甘蔗的香味有如蜜糖甜般瀰漫整個空氣。雖然我只是坐著火車到糖廠，心中卻不禁有股成就感，就像快遞人員把一份重要物件交到收件人手上一樣。

這幾年開始，糖廠無法負擔昂貴的人力成本，政府改由國外進口砂糖。殘酷的現實讓火車卸下多年的重任，即使再捨不得，也得走入歷史。沒有了火車經過、沒有了熟悉的平交道聲響，聞不到甘蔗的香甜味，也無法和叔叔再次坐上火車運送甘蔗到糖廠。火車的消失，讓住在鐵路這一地帶的我們彷彿缺少了些什麼。某個艷陽天，除了偶爾傳來的車聲及附近人家電視上的歌聲，這個中午安靜地可以。走到鐵路旁，鐵道兩側早已長滿了雜草。糖廠火車終究是被遺忘了。原只屬於火車專用的鐵路，廢棄傢俱卻堆積愈來愈多，成了最佳的曬衣地點和停車場。無力讓它恢復之前的面貌，只能任憑居民佔用之來圖自已方便。閉起雙眼，面向火車來的方向，此時我聽見熟悉的鐵路平交道聲音在我心裡——登登登登。

◎評審評語

蔡文章：三則童年憶往構成一篇〈獨家記憶〉，素樸有情的文字風格，內容充滿溫情暖意，書寫家人相處、鄉人互動，鮮活的筆觸，呈現童年生活實感興故鄉懷想，而能引起共鳴。

吳燈山：以樸實文筆勾勒兒時趣味，散發濃濃的古早味，引人入勝。描繪功力佳，不徐不急的鋪陳，呈現圖畫的好效果。題目新鮮，有創意。

徐嘉澤：輕快的筆調、很順暢的轉場，讓文章讀起來一氣呵成，藉由還存在的老舊雜貨店、鐵盒裡的照片以及鐵路平交道的聲音串場起來獨家記憶，生動的描繪出畫面、聲音、氣味等，讓讀者彷彿伴著作者從童年一路走到現在。

◎得獎感言

藉由作品把自己腦海裡最深的兒時回憶與大家分享，不管時間環境怎樣變化，記憶永遠是最美的。作品能被肯定是件很高興的事情，謝謝。

二〇一〇高應大文學獎：散文組第三名

人生風景

四文四甲／宋尚傑

你說，人生是什麼樣的風景？

宇宙間有個深闇的黑洞，不管什麼都要吞食進去，光是瞧見它就要閃個千百萬光年遠，好留個一身孜然；眼前的不是貪得無厭的黑洞，而是一片開闊的景就這樣豁在前頭，遠處是白得純淨的天空，隱隱約約發著暖意，不正是個白洞，引著人們投身而去？走向前去的，不因誘惑也不因暈眩，都是命中的牽引；一路上卻又不時的向後探望，看看身後的道路是否尚存……

我第一次來到這邊，便驚訝它的闊大；眼前是一片遼闊，沒有任何的高物擋在眼前；彷彿，彷彿我就能望見天崖海角。立於波堤之上，任憑千千萬萬的風撩過我的臉我的髮我

的身我的衣；風中帶來什麼訊息？有說著大海的無情？還是暖陽的溫煦？可惜我不是解風人，只能任它們狂亂的將訊息打上我的全身。

瞇起眼，總想看盡這般無窮，但蒼穹之勝哪是我一眼所能望穿？帶著徨徨，赤腳踏進這般濕泥。我曾在夏日漲汐感受到它的撫慰，那個時候是個畢業季節，全台中的學生就像是約好了，畢業典禮之後都要來到這邊會合，以揮去高三的沉悶考季，好迎接五彩的大學生活；烈日頂在上頭嬉笑，濕地忙著澆熄我們過燙的情緒。也在冬日潮退見到它的乾涸。那時一男一女相偕而下，他們踏在泥地上的鞋印，一前一後；我記得很清楚，女人衣物飛揚，縮著身卻一步比著一步堅毅，男人走在女人前頭，沒有回身看女人是否跟上，但漫步之間卻透露他的等待。

腳下的濕地受著溪河的灌溉，軟爛一番，經過某些特別濕潤的地方，可是會陷致足踝，但路還是要走的。站穩其中一腳，將深陷的一腳小心翼翼的維持平衡拔出；處在泥地之中，謹慎行腳，才是保持潔身之道；畢竟我們都不是海芋，沒學過出淤泥而不染的本事。

走著，此時已近晚霞，一抹情緒飛梭而過，愣得停下腳步，思考飛縮而去的是什麼。走了多久呢？我挺身在天地之間，四周景物不斷旋繞，海風依然呼嘯怒吼，髮絲像是聽懂風的語言，狠力的盪擊我的面想要遮蔽我的去路，我甩甩頭，甩開那些礙人眼神的烏黑。

和海風串成一氣的腳下流水，力道已不像以往的潺潺；我定睛看著，或許做不成解風人也能當個明水人，狂風推著流水，流水忙著記錄風的樣子，在泥上雕出交錯雜織的紋理。瞬息萬變的紋理讓我著迷，眼睛眨下都是可惜，細細的看，仔細的看，任何的變化都收進眼中。在這千百萬的洪流之中，又有誰能停下？不能，都不能。迴著半身，看著身後；走來的痕跡早已被洪流覆蓋，只剩下一些深深淺淺的痕跡，看來好像是又好像不是。思索之間，卻驚覺也走了一段不遠的路，但和望不到盡頭的道路相比，這段路短的可以。沒有時間猶豫前進，卻懷念那一路走來。

扣除那遠方白得發暖的天空，眼底就闖進一片灰意。灰意看來了無生機，實際上卻潛伏無限的生機，芝麻般的細洞隨處可見，有些大了點，有些小了點，都是小螃蟹的家，我的出現嚇得牠趕快躲進洞中，才不讓莫名出現的女巨人傷害了自己，就說在這千百萬的洪流之中，有誰能停下，沒有誰能；任何一個抬足，任何一個屈身，都可能改變這洪流的方向。我終究是停不下了，只能一味的向著白洞走去，走到之後，又能看見什麼？又能獲得什麼？

我抬起頭來，赫然發現那發暖的天空是因為晚霞來臨。為了呼應晚霞，本來一片空白的天空，竟然出現片片朵朵雲。被遮蔽的天空，看起來沒那麼亮了，也因為這樣，晚霞

的色彩更加顯現。因為變暗而透著藍的天空，在背光處黑暗的雲，受到光線照射而淺金色的雲，最亮處是耀人眼的白。好巧不巧的是，雲朵雖然遮了天空，卻記得千萬別遮了晚霞的主角；像是故意的，特地留了個空，好讓太陽透出面來。要落下的太陽，發出全部的力量放射光輝，光輝從地平線那端氣勢磅礴的登場，鏡子上的亮金影子有多長，我的驚嘆就有多長。我想起很久之前曾和媽媽去看日落，那個時候她說：夕陽美不是美在天上，最美是在反射。她說完，我馬上轉向另一側，的確很美。那，映在水面也是一樣意思吧。從空缺中透射下來的光線映在水面上，出現一種偏著點橘的亮金色，水波上粼粼閃閃，金沙四溢。整個水面忠實的成為一片巨大的鏡子，老老實實映著天空中的雲彩晚霞。現在，我正踩在江河日月之上啊！

有種激昂，有種感動，有個聲音悄在心裡說：這就是人生的風景吧？

◎評審評語

蔡文章：本文語言通切，層次分明，情境的營造拿捏合宜。描寫溼地光景，尋繹衍釋自然深意。觀天觸地感受深刻，賞日落之變化，暗喻人生，涵泳哲理，引人深思。

吳燈山：構思巧妙，借景書寫胸臆，文中的哲理令人沉思不已。處理題材具有創新手法，可惜晚霞的美著墨不多。題目值得商榷。「人生風景」以人物身影為主。而非景色。

徐嘉澤：內容以描景細述感受和哲理，舒緩的步調，隨作者筆下看天空、觀海、戲浪、賞晚霞，人生哲理巧妙的在文章中各處顯見，尤其文章中的「解風人」、「明水人」之處構思很好，期待作者有更多描景敘物之作。

◎得獎感言

這次能夠再度獲獎，無疑又是一種肯定。

感謝評審老師的支持。

二〇一〇高應大文學獎：散文組佳作

四外四甲／賴瑋琳

我的羅馬

這裡是屬於每個旅人的城市，這裡是我的羅馬。

身為路痴的我在一天內迷路好幾次，縱使地圖上已標示的清清楚楚。五月底，要說是鳥語花香還是豔陽高照呢？那顆火球讓我脫掉身上的外套是後者的威嚴顯現吧！

地圖上只要五分鐘的路程我硬是走了半小時。但最後我還是來到這讓我魂牽夢縈的地方。啊！多雄偉啊！在這有虧的盈月中，閉眼想像千年以前在我眼前的打打殺殺，耳邊傳來上萬群眾的叫吼聲，如果他有屋頂的話，應該會被震得四分五裂吧！說是現代人較有憐憫之心或是和平主義呢？還是古代人的血液中流竄較多的不安分因子呢？進入場內，我竟沒有一分喜悅之意，取而代之的是對人類的悲痛。時間依舊不能抹殺掉飄蕩在歷史裡的血腥味，我只好捂住口鼻，離開。

冰涼的池水在夏日是最好的消暑良劑了！圍繞在池邊的老老少少享受著水氣帶來的秋意，大大降低了中午的高溫。看著池底各式各樣的硬幣，傳說，只要背著池子投下你的錢幣，你就能再次回到這裡。看似羅曼蒂克，但還是沒驅使我許下那無人得知的心願，這個在我心中屬於我的地方，我想要何時來，不需要任何力量來迫使我動身，因為，這是我暗地裡貼上標籤，有我祕密記號的水池。

你能告訴我現在幾點嗎？地上的正圓說明現在是正午。不需要任何窗戶就能讓整間聖殿明亮起來。從天而降的光束似乎載著天使傾洩而下，大理石磚刻著古代文字，我坐在其間幻想、禱告，讓思緒跟著空氣中的粉塵悠然的飄著，隨著地上的正圓慢慢往旁移動形成橢圓，我就知道我該走了。

聖殿旁，有一家六十年的咖啡廳，是我在這裡喝過最好喝的冰咖啡，完美到我將她的美帶回家鄉，希望家人也能品嚐到如晨曦的露水一樣芬芳的虹吸美味。

衝破船的水源源不絕，旁的階梯也坐滿人潮。氣喘呼呼的爬上最高點，即使不像巴黎聖心堂擁有巴黎美麗的視野，眼前所見還是被建築物包圍，但此時，這裡就是我的小世界。

公主，現今已經不能在上頭吃東西了，不曉得妳知不知道？

我只好轉戰旁的冰淇淋店，香濃的哈密瓜味深得我心，吃著提拉米蘇看著對面的窄小門面建築，或許雪萊跟濟慈可以在隔壁的英國茶室得到思鄉慰藉吧！前方水管路兩側的店總是讓我空手而歸，被眾多昂貴不已的名牌圍繞，那間百年歷史的希臘人咖啡館真是容易讓人遺忘，每當摸摸荷包後，我總得看著侍者用熟練的手法煮著、端上我的咖啡，站著，喝掉。

這裡有許多廣場，我來到我最喜歡的其中一個。看著前方的噴泉，保衛之戰就在我眼前上演，天使救了幾乎快溺斃的他，隨著就被魔鬼帶走了，但正義還是不變的最後真理。甩頭望向廣場上大大小小的攤販，賣畫、賣花、賣紀念品、賣二手品，填滿這碩大的空間，好不熱鬧。接著走到轉角光顧冰淇淋店，就坐在古老的圖書館圍牆邊欣賞人群，吃著吃著，我想起梵蒂岡的那家冰淇淋店，店員給得份量如此大方，如築起的高牆，我一路吃著從梵蒂岡經過天使城走回這兒，竟想掉頭回去再買一隻。冰淇淋在這裡的酷熱催化下，變成夏日不能不擁有的大眾珍寶。

我就站在教堂不到一百公尺的前方，但我還是得拿起地圖問坐在路旁神殿遺跡的觀光客，當他舉起他的手指出位置後，我倆都笑了。是哪一面牆需要排隊付錢才能合照的呀！或許只有名為真理的牆才做得到吧！事不相瞞，當我手放入口中時，我竟覺得擔心，或許我不應該再說謊了！

我沿著河道一路走，地上的玻璃碎片是昨夜狂歡的痕跡。路邊不具名的小教堂及雕像也值得參訪，我坐在住宅區附近公園的椅子上，看著當地的小孩踢足球，放鬆的心情讓我也青春起來。看了看手錶，恩，是該回去了，義大利麵在等著我。

這裡不像巴黎，那裡的空氣訴說著，有人陪在身邊比獨自一人快樂。但在這裡，我找回屬於一個人的快樂，一個人的沈思、喜悅、嚴肅、驚艷，少了失去同伴的失落感，多了單獨挑戰的冒險味。這裡的街雖然不乾淨，但有種古老的美，這裡的古蹟、歷史、藝術，都從書本裡跳了出來，活了起來，大方的他們允許你可以私下選擇他們最美的一面烙印在腦海中，而在這裡的古蹟之多，是你用兩個月亮週期也尋採不完的，所以，我只好偷偷的在心裡跟他約定必再回到他懷抱。

下一站，是陰雨綿綿的佛羅倫斯還是日暖風和的比薩或是讓我迷路得更徹底的威尼斯？我知道我會想念羅馬，我的羅馬。

◎評審評語

蔡文章：對旅行場景——羅馬的聖殿、廣場、教堂等都有其獨特的觀照與深刻的感受，引人入勝。

吳燈山：拋棄資料式的堆疊，完全以個人所見所思所感為寫作重點，文字清晰，具吸引力。文字乾淨，沒有過多的贅言贅語。擇一二重點風景，做「爆點」是細膩鋪陳，可讓內容「濃淡兩相宜」，進而增加文章的深度。

徐嘉澤：文筆流暢，很好閱讀，畫面感極佳，隨著作者的筆在羅馬裡瀏覽名勝古蹟和美食，似乎讀者也探訪了一次羅馬，若能找到旅程中更多的亮點來書寫，豐富此篇文章，相信或有更好的成績。

◎得獎感言

非常感謝評審們的肯定。羅馬的美是難以用言語形容的，希望在我笨拙的筆下能激起大家到羅馬一遊的慾望。謝謝我的父母讓我有機會能一窺他的美，我的羅馬。

‖二〇一〇高應大文學獎：散文組佳作‖

回憶曲

四外二乙／廖科穎

無止盡的音樂

琴聲像最輕柔的風托著我搖盪在房裡，撫平不安窸窣的思緒，也融化了心中那片冰封的城牆。

二〇〇九年的今天，高雄有著越來越美的夜，和一團纏綿成絲的夢。這一晚的夜，某條細長絲黏的線牽動另一條思念，不經意的一扯，扯出了一段心碎。轉了一圈台灣回來，不眠的城裡仍透著光輝，在起抑悠揚的曲調中不停的旋轉著那一夜的台北。何時開始，音樂左右著我心緒的起伏？

想起國中時的自己，那年的音樂課，我永遠忘不了的旋律。那被最繾綣的柔情繞著的回憶；我卻記不得了，記不得是蕭邦在夢中描敘的婚禮太美，或是那女孩的身影在腦海裡朦朧的令人眷戀不已？至今，心緒始終隨曲子的起落而顫動。雖已不記得女孩的面容，卻還記得那首鋼琴曲，而我迷失在旋律裡，至今還不願意回來。

雖然那段情感杳無音信，卻找到了音樂的迷人之處，該是一種新的發現。如果說音樂最迷人的魔力在哪？該是那自音樂流露出的情感，能深深滲入心裡。一首曲子的完成，雖然牽扯了創作者本身的情感抒發，但就聽者而言，聽到的是共鳴。我們將因共鳴，而喜歡上一個團體，一個歌手，一個詞曲家。

發現，當自溺於與歌手的情感交融，並深陷於曲子訴說的故事時，卻是自己最感動的時刻！一首歌、一個聲音，就這樣在時間的流轉間，混合了記憶，纏繞出另一段新的回憶。也許是一部激情迴盪的電影，也許是身邊不再出現的一個人。那曾經被自己凍結在心裡的那段時間，又開始流轉起來。可能，淚水會因此不自覺的流下，也因此，卻更能感受自己的靈魂，其實沒有孤獨過。

有人為事業忙碌，有人用酒精逃避，有人靠肉體的愉悅放逐自己，或許都算是一種自我麻痺，我卻選擇用旋律、用歌聲，讓自己能更深刻體會，我其實還活著，我還能去憤怒、去愛、去悲傷、去感受。有時會為了一首蕭邦的夢中婚禮或是貝多芬的悲愴曲而感傷不已，但一定是大師名匠的曲子才能有情感的穿透力？為何當聽見溫晉禾唱著「And you say That I will not go anywhere ／And you swear I will never ever let you go」或蔡健雅的「昨天／跟你借的幸福／抱歉我有不能還你的苦」，自己卻感到一陣想哭!?

是否有過曾經和朋友提到同一件事情時，他的反應卻會讓你驚訝或不以為然，才驚覺人的感受是如此多面化的發展？一個人發現的感動，卻會被另一人視作無謂的情感！但又如何？自己的故事當然只有自己感受最深，與自己的心情貼合才會有最波瀾壯闊的感動。當歌手的聲音、曲子的旋律響起，只要能與自己當時的心情交融，那才會激出燦爛的火花；也許只有瞬間，卻更人低吟回味不已。音樂至此，已非語言能傳達。

因為愛上了音樂，除了時常聆聽古典樂、鋼琴曲、流行歌曲時，偶爾我也會跟著輕哼低吟甚至嘶吼，所以當朋友邀約去ＫＴＶ時，我通常都會欣然應約，即使自己的歌聲不雅入耳，聽著朋友的唱腔或是歌曲的影片，仍舊有一番不同的享受。有時聽著聽著，總是在不經意間，我又陷入了自己的回憶或是情感漩渦中。多少個無眠的夜，多少次受了傷的時候，都是一首首動人的曲調陪我度過？我忘了。但是我卻藉由每首歌、每段旋律，記錄起

我回憶中某個時刻、某個城市、某個朋友、某個女孩……也許我們在人生旅程中都僅是個過客，可藉由這些音樂故事，我才能回想起，我們擁有的，其實很多很多。

妳對我說的假如

悠揚愉悅的琴聲之後，卻響起深沉悲吟的曲調。那反差太過於巨大，猛然間將我吞沒，進入了擁著妳的那個冬夜。

妳臉龐上淌著數道乾了又濕的淚痕與幾分醉意，但心裡不知已被幾道刀痕狠狠劃上？身體的傷再重，也不會比割在心上的痕那樣痛！妳說：「假如當初沒有放棄，現在一切是否不同？……我們是不是會在一起……。」我永遠也忘不了當時電視上播放著那首信樂團的假如，以及那個夜的寒冷與妳眼裡的溫度。

看著亮麗飛揚的女孩變得如此消沉悲傷，心裡感傷之餘，也為妳不值。我們都知道妳忘不了那些曾經的美好，拋不掉心底仍對他有所期待、眷戀！或許妳口頭堅持不再愛他了……可大家心裡總明白放開手，其實很難；害怕妳會禁不住回頭，也希望這是他最後一次令妳心碎，妳最後一次為他神傷；希望那一夜對妳說的那些話，能潛伏在妳心底處。而那個夜裡，是妳對曾經的回顧，也是妳重新擁抱的開始。雖然妳嘴裡說著不再相信男人、不再奢望愛情……誰又何嘗不曾經歷過這種傷痛!?

沒錯，我們是傻！我們一次只能給一個人一顆心，我們無法玲瓏地在人心中穿梭自如。但這就是我的世界，我的世界只容的下一個人，這就是我對她最深刻的愛意表現，也是對我自己的尊重。那些幸福就放在心中好好珍藏，心酸悲慟也深刻記住，這是我們付出真心，愛過、擁有過的表示；既然是他們不懂得珍惜，我們又何必全盤否定過往的一切？否定，不就代表我們連自己都不再信任了嗎？人都會變，只是不知道什麼時候自己會變。既然變了，就無須留戀此刻醜陋的人影；將醜陋驅走……只留下過去的甜美吧。

也許時間不能夠治癒傷口，但是傷口的癒合卻需要時間。我終究走出了妳曾帶給我的傷，我也相信妳的傷終究能夠癒合。

為什麼幸福　都是幻夢　一靠近天堂　也就快醒了
或許愛情　更像落葉　看似飛翔卻在墜落
假如真可以讓時光倒流　妳會做什麼　一樣選擇我　或不抱我
假如溫柔放手　妳是否懂得　走錯了可以再回頭

想假如　是最空虛的痛
想假如　是無力的寂寞

摘自【信樂團／假如】（2004-12）

◎評審評語

蔡文章：本文由兩個單之構成一首「回憶曲」，第一單元書寫音樂的玄奇、美妙與力量。第二單元詮釋愛情的真意，讓人無奈、感傷與懷念。文字書寫自如，具張力與迴旋度。

吳燈山：音樂最能撫慰人心，洗滌心靈，誠如作者所言，音樂能融化心中的冰牆。文中無論書寫對音樂的體悟，或傾訴一段戀曲，筆調細膩和緩，觸動人的心弦。末後歌詞來得太突然，嵌入內文會更好。

徐嘉澤：文筆優美、用字精準，字句之間相當琢磨，文章完整度很高，標題和內容也以曲目緊扣，藉由歌曲抒發想法和情感。

◎得獎感言

平時自己總會寫一些東西，倒是真沒想過自己會來投稿。要不是楊美玲老師要求我投稿的話，我想我可能還是會讓這次機會溜走！雖然只得了佳作，證明我還需要精進寫作能力，再加油吧！

◈散文組評審簡介

蔡文章：鄉土散文作家，高雄縣岡山鎮人。

現任實踐大學應用中文系客座副教授、教育部國中小國文科審定委員。曾任高雄縣鄉土教學輔導員、高雄縣文化基金會董事。「鳳邑文學獎」、「高雄縣文學獎」、「高高屏海洋文學獎」、行政院版「台灣文學獎」、「全國國文老師文藝創作獎」及「全國文藝季」評審。

曾入選華人作家辭典、榮獲鳳邑文學貢獻獎、兩度獲高雄文學獎，其作品曾獲行政院新聞局、台北市政府新聞處、台灣省政府新聞處甄選為優良著作，並被選入高中職、國中小教科書。著有散文集《靜靜的山林》、《田園小品》、《鄉土情懷》、《綠色夢境》、《花情翩翩》、《泥土味淡淡香》、《攜手走過童年》、《麵粉袋的歲月》、《平安歲月》、《高縣行腳》、《高縣風情》、《行雲山川》等書，並編寫《鳳邑文學小百科》、《偶，就是好玩》、《岡山文選》與《高縣鄉土教材》，以及國民中小學台灣文學讀本多冊。

吳燈山：從青少年開始搖筆桿，停不了，得了寫作病，持續至今。

寫作範圍廣泛，出版過散文、勵志書、語文教育、親子教育、少年小說、童話、繪本等七十多種書。

曾獲省新聞處小說獎、高雄市文藝獎、海峽兩岸徵文童話獎等三十多種獎項。

希望能像林良先生一樣，一生以寫作為職志，筆不停的搖哇搖，搖得天天樂陶陶。

徐嘉澤：一九七七年生，現任佳冬高農綜合職能科教師、耕莘青年寫作會成員，作品曾獲時報文學獎、聯合報文學獎、國藝會補助出版、高雄文學長篇小說創作補助等，著有短篇小說集《窺》（基本書坊）、散文集《門內的父親》（九歌），即將出版短篇小說集《大眼蛙的夏天》（九歌）、長篇小說《類戀人》（基本書坊）。部落格：http://blog.yam.com/jyadze/

小・說・組

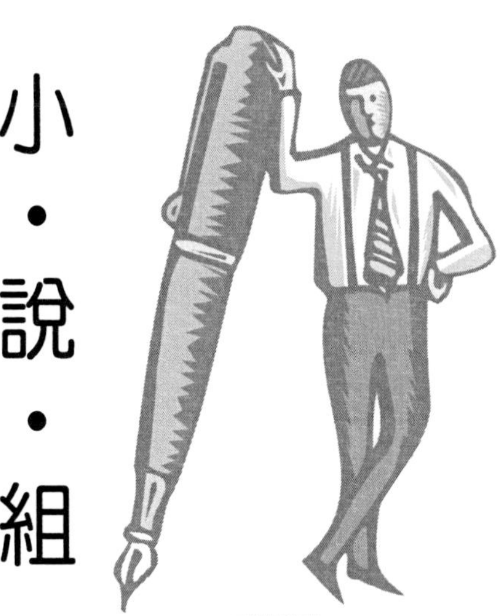

二〇一〇高應大文學獎：小說組第一名

孤單的艾教授

四模延修／吳俊穎

艾金恩教授驟逝的那天下午兩點三十分，陳珮瑜手上的杯子砸在地板上，無聲無息的碎裂一地。

丈夫和孩子們晚上回到家時，陳珮瑜還坐在電視前，緊盯銀幕。所有的新聞台都在播艾教授驟逝的新聞。而陳珮瑜的丈夫，也就是在高雄港擔任引水員的王先生似乎瞭解發生什麼事，沒多說，帶著兩個孩子外出去吃飯。

「世界知名的基因工程學家，艾金恩艾教授，今天上午十點鐘被發現倒臥在『生息基因工程研究中心』的辦公室內，雖然緊急送醫，但到院前就沒有生命跡象……」

「……警方指出，艾教授的辦公室並沒有打鬥痕跡，走廊監視器也沒有錄到可疑人士進出，初步排除他殺可能……警方化驗艾教授的血液，沒有毒物反應，排除遭下毒可能……法醫初步判定，艾教授是死於心肌梗塞或其他急性心臟病，確切原因，仍要等解剖後才能確定……」

陳珮瑜似乎有點累，放下手心中的遙控器，用手腕按了按額頭和太陽穴。看了一下時鐘，七點三十二分，丈夫和孩子們都去吃飯，還沒回來，而她自己並不餓。

其實她應該很傷心的，因為艾教授；艾金恩教授，世界知名的基因工程學家，曾被支持者譽為「最靠近上帝的男人」，而反對者都稱他為「侵犯上帝的混帳東西」。但有件事她知道，其實艾金恩教授以前不叫「艾金恩」，而是「艾德恩」，只是他自己覺得這名子太有置入性行銷意味，就改名為「艾金恩」。而且，這個男人，在陳珮瑜的人生中，留下很多無法分辨是喜是悲的回憶。

她起身，關掉電視，走上二樓，在臥房和儲藏室間來回穿梭。她搬開了好多箱子、翻開好多雜物，她想找有關艾金恩的東西，但不太順利，甚至連國中畢業紀念冊都找不到（那上面有她和他的合照）。這都要怪她的前夫大貓，大貓知道艾金恩後，把陳珮瑜東西中，有關艾金恩的物品通通丟了。

臥房和儲藏室變得越來越亂，本來應該疊起來的紙箱，通通散落在地上。終於，陳珮瑜在化妝台上，珠寶盒中找到一個已泛黃的Tiffany＆Co小盒子，打開，盒子裡躺著一

條愛心造型純銀項鍊，雖然嚴重氧化，失去原有的亮銀色，但仍隱藏不了它精緻可愛的造型。

不知道什麼時候回來的丈夫跨過滿地的雜物，走到她的身後。

「怎麼了？」

「沒有，只剩下這個……」

在艾教授過世的第三天下午，有個女人致電到家裡。她自稱是艾教授的助理。她向陳珮瑜說，希望她能抽空到台北「生息基因工程研究中心」一趟，原因她沒有解釋得很清楚，只是說希望她能單獨來一趟，而且所有花費，他們中心會全全負擔。

掛上電話後，陳珮瑜拾起擱置在沙放上的遙控器，坐下，打開電視電源。

「……DNA，人類生命的藍圖。自從一八六九年，瑞士醫生Friedrich Miescher從繃帶裡殘留的膿液中發現一些只能用顯微鏡觀察的物質，他稱之為「核素」（nuclein）開始，科學家對DNA的研究就從不間斷……」

電視上播放的節目，是二〇二七年，國家地理頻道為艾教授和「生息基因工程研究中心」拍攝的紀錄片。

「……其實我開始時研究的並不是基因工程，而是一種……我稱他為『原蟲』的空殼細胞，那原蟲的用意其實就像我們建築時用的磚塊、水泥……等建材，如果你單獨看這些磚塊和水泥，其實它們就只是普通的磚塊和水泥，但如果我們有一張好的設計圖，那這些磚塊和水泥，就可以建成房子。而我研究的『原蟲細胞』就像是人體的磚塊和水泥，而ＤＮＡ，就是設計圖。其實「原蟲細胞」是個空殼細胞，細胞裡不含ＤＮＡ，而我們把ＤＮＡ植入，再活化，『原蟲細胞』就會開始分裂，細胞內的ＤＮＡ就會開始複製，而且速度很快，就可以在段時間內……」

紀錄片在電視上播放，但陳珮瑜只是有意無意的看著，她最主要還是在思考要不要上台北一趟。

「……其實基因改良的原理很簡單，拜奈米技術所賜，我們利用奈米機器人將ＤＮＡ的螺旋長鍊展開，在利用奈米機械手臂改變ＤＮＡ內鹼基的排列，進而改變所謂的遺傳密碼，而比較困難的部份是如何解讀。而且，人類有四十六對染色體，大約三到三萬五千條基因，解讀這些基因，則是我這幾年在做的研究。至今，我大約完成解讀九十%的基因，當然……」

晚餐後，陳珮瑜在廚房裡，一邊收拾，一邊和丈夫說艾教授的助理致電請求的事情。

「妳想去嗎？」丈夫問。

「我也不知道……」

「妳有多久沒跟他聯絡了？」

「從婉瑜的事情之後了，大概十年有了。」

「那妳在怕什麼？妳似乎很怕面對他……」

「我……」也需是丈夫說中了；跟艾金恩疏離的這幾年，她不知道他變成什麼樣子，雖然有時候在媒體上看到他，但是，隔著電視螢幕轉述，那個她所認識的艾金恩不是他所看到的艾教授，雖然事實上他是，但她總覺得，有什麼差別，似乎是艾金恩戴著艾教授的面具？或是艾教授戴著艾金恩的面具？

「我不知道」陳珮瑜說道。

「親愛的！我想妳該去……就明天！」

「明天？」

「我會帶孩子們回我媽那邊，反正他們也很久沒回去了……」

「嗯……」

隔天，陳珮瑜在七點五十二分來到高鐵左營站，買了八點二十二分的往台北的車票。她在車站商店買了周刊，封面是艾教授照片，斗大的標題寫著——時代巨人殞落！

「時代的巨人」是嗎，陳珮瑜心想，這個她認識的艾金恩，在變成陌生的艾教授後，他的成就偉大到連死後都被冠上「時代的巨人」這樣的尊稱。那她自己該稱他什麼？艾金恩？艾教授？

八點十五分，陳珮瑜從月台上車，坐定後，拿出她的早餐，綜合水果核桃三明治往嘴裡送。列車出站，加速到行車速度時剛好吃完三明治，她把塑膠袋摺好，塞進置物網裡，拿出剛剛買的周刊。

周刊裡最大篇幅的報導正是艾教授驟逝的消息。她對其中的一段感到興趣。

「……相傳，上個世紀的世紀天才愛因斯坦在死前將他最後的手稿銷毀，原因不明，但最有力的說法是愛因斯坦發現了某些新的理論，愛因斯坦也警覺到這個理論的存在對人類是種威脅，因此他死後託家屬將他最後的手稿與他的遺體一起火化，而那最後手稿的內容，就從此是個謎了。

無獨有偶，艾教授在被發現倒在辦公室時，桌上私人電腦正在執行格式化。中心人員在第一時間阻止格式化，但是這顆硬碟似乎是為了極機密的文件所設計的，有緊急銷毀裝置，在幾分鐘內，硬碟的內容已銷毀殆盡，雖經由工程師的修復，但硬碟內剩下的內容仍無法讀取。「生息基因工程研究中心」的研究人員推斷，這顆硬碟內的文件，應該是跟艾教授所研究的「DNA解讀」有關，也就是尚未解讀的最後五％人類基因的相關內容。而「生息基因工程研究中心」，也是艾教授的研究夥伴陳凱霖教授指出，艾教授相信，那最後的五％人類基因能賦予人類不可思議的力量，例如超能力，甚至能讓人類成為超人。

也許艾教授和愛因斯坦有著相同的見解，知道這些東西反而會令人類帶來危險，所以選擇銷毀那些資料，與其……」

陳珮瑜抬頭望向窗外，早晨的陽光灑在她右邊的臉上。車廂輕微搖晃。她突然想起，她未曾告知艾教授助理，她今天將前往「生息基因工程研究中心」。她拿起手機，撥出，電話在第三響答鈴時接通。

「您好！是陳小姐嗎？」電話的那頭說。

「是是是……您好。」

「早安！陳小姐，我能為您幫什麼忙嗎？」

「早安！那個……我決定今天去妳們那邊一趟。」

「好的，那請問您要怎麼來台北？」

「我坐高鐵。」

「那我會派專人去車站接您，請問您大約幾點到呢？」

「我已經上車了，大約十點多會到台北車站。」

「那我們會派人在台北車站地下室的第三接送點等您，方便嗎？」

「ＯＫ！」

「那好，我們期待您的大駕光臨。」

「謝謝，那待會見了。」

「待會見。」

掛掉電話，高鐵繼續向前奔馳，而陳珮瑜繼續低頭讀周刊。

生平簡介

本名：艾金恩

身高：一百八十二公分

體重：九十一公斤

生日：五月二十七日雙子座

父：艾文（歿）　母：吳子薇（歿）

生平：一九八九年生於桃園

一九九〇年父母離異，父親不知去向

一九九五年就讀桃園縣境內某所國小

二〇〇一年就讀桃園縣立青溪國中

二〇〇四年就讀桃園農工農經科

二〇〇七年就讀屏東科技大學生命科學系

二〇一一年就讀屏東科技大學基因工程研究所

二〇一三年研究所畢，跟著恩師黎偉誠教授進入「中央科學研究院：基因工程研究中心」

二〇一七年發表著名的「原蟲細胞」，墊定複製人工程的根基

二〇一八年離開「中央科學研究院：基因工程研究中心」，創立「生息基因工程研究中心」，中心初期經費由「台灣無限集團」出資

二〇一九年開始進行相當受爭議的「複製人工程」

二〇二八年對外發表成功解讀八十六%人類基因

二〇二九年開始進行「基因工程」計畫

二〇三一年「基因工程法」公佈，從此之後，所有的「複製人」，「人造人」享有法律上所承認「人」的身分

二〇三八年六月二十七日早上，被發現猝死於「生息基因工程研究中心」的辦公室內，得年四十九歲。」

這是艾教授的生平簡介，陳珮瑜讀過之後有點驚訝，為什麼她都不知道艾媽媽過世了？那是什麼時候的事？畢竟！陳珮瑜跟艾媽媽也是有點熟識。

陳珮瑜把手中的周刊闔上，擱在腿上，她不禁開始回想。

那年是二〇〇一年，國中入學第一天。

「六號，艾……艾德恩？哇！牛仔褲啊？」

全班同學哄堂大笑。只有艾德恩（艾金恩）跟老師說：「不是牛仔褲……」

那時候的班導師是一位年輕的女老師，講話的聲音很可愛，但是對班上成績要求很嚴格。

「二十二號，陳珮瑜。」

「有！！」

「妳長的蠻高的，那你做最後一排好嗎？」

陳珮瑜往教室的最後一排走去，坐在艾金恩左邊的位子。

「嗨！你好！」陳珮瑜笑著向艾金恩打招呼，但她不知道，這笑容，已經奠定他們之間奇妙關係。

因為陳珮瑜坐在艾金恩的旁邊，因此最早跟艾金恩熟識，而且他們回家的路徑是一樣的，所以從那個時候開始，他們總是一起聊著天，走路回家。

那年一月二十四她的生日那天，她收的到艾金恩送她的第一份生日禮物，二月十四情人節，她收的到艾金恩送的第一份情人節巧克力。

國一時，陳珮瑜就交了第一任男友，是一個大他們一屆的學長，但這段感情，持續到國二。分手那天，陳珮瑜還特地找艾金恩出來陪她，而艾金恩看她如此難過，就買了個貓咪的存錢筒送她，想要安慰她。而那時候的她只是想，艾金恩真的是一位夠意思的朋友。

一個禮拜後，她又跟隔壁班一位也是姓陳的男生在一起了。

二〇〇四年，國中畢業，陳珮瑜考上中壢高商國貿科，而艾金恩考上桃園農工農經科。

高中時，陳珮瑜的學校在中壢，所以她必須每天坐火車去中壢上課，而放學後，回到桃園火車站，艾金恩總是會在車站等她，再陪她一起走路回家。而那時候的她沒有想太多，只是覺的有人陪著走回家真好，直到高二，她才知道，其實艾金恩是住在前站，所以他每天都是特地的送她回家。

她曾懷疑艾金恩是不是喜歡她，但那只是懷疑，畢竟艾金恩沒有告白過，而且那時候她身邊也有第三任男朋友，很巧的！是學長，而且也姓陳。

陳珮瑜看看手錶，八點五十三分，是應該快到台中站了。她伸了伸懶腰，換了個坐姿。窗外的景物是一望無際的平原和零星的民房。她在想，為什麼當初她沒有想到艾金恩會有今天這樣的成就？他明明就是個天才。

對！他是個天才，剛上國一時，她對艾金恩的印象就是上課愛睡覺，要不就是發呆、打混，但連老師都通知家長來學校關切。但是第一次段考後，大家就傻眼，這個不愛上課的傢伙，平均分數竟然九十二點三，從來沒有國一生段考平均高於九十分，而且第二次段考他還進步到九十四點八。從此之後，每次段考，甚至是國三的模擬考，他的成績都一定是全年級前三，沒有一次例外。

在班上，每次數學老師出回家作業，艾金恩都趁下課的十分鐘算完，還大方的跟同學「分享」，逼得老師得對他另外出一份回家作業，但還是一樣，一到下課，艾金恩都會一把拿走陳珮瑜的回家作業，不用休息，不用上廁所，十分鐘內完成，還給陳珮瑜。

國中學測，艾金恩也不負眾望的考了個滿分，當時的建中校長還親自致電到他家，問他有沒有意願就讀建中，但是艾金恩卻選擇離家最近的桃園農工農經科。

高中後，陳珮瑜和艾金恩都有了自己的手機，也有了對方的號碼。那時候的手機，還是以黑白機當道的時代，沒有視訊，沒有照相，手機裡的遊戲頂多就是貪食蛇、邏輯記憶。但那時候手機的簡訊功能在上課無聊時發揮了極大的作用，就是傳簡訊，一天總能傳上十幾二十封。

那時候，陳珮瑜最常傳簡訊的對象就是艾金恩，透過簡訊，她才知道很多他的事。例如艾金恩的父母在他一歲多的時候就離婚，父親不知去向，所以他對他父親的印象幾乎是零。一直到國中畢業那年暑假，家裡來了一個染金髮的中年男子，叫艾文，艾金恩一聽這名子就知道兩件事；第一，艾文先生是他的父親，第二，他終於知道為什麼自己的名字如此幽默。

「艾文？芒果嗎？你台南人歐？」

「哈哈哈……不虧是我兒子，幽默感那麼好。」

「兒子？那你幹嘛把我取名叫艾德恩？」

「你真的想知道？」

「當然！這可是我這一生中最大的願望：瞭解我的名字為什麼是牛仔褲？」

「因為……想不到嘛……所以就方便啊！」

「方便？你一方便！我就變成牛仔褲。你生我是因為方便啊？」

想到這，陳珮瑜不自覺的笑了起來。車廂服務員經過，陳珮瑜向她買了杯咖啡。

她啜了一口咖啡，試圖想起艾爸爸的長相，可是一點印象都沒有。

後來，艾文在家裡住了幾天，走了時候給了艾金恩的母親一筆錢，彌補他這幾年不在艾金恩母子身邊的虧欠。

艾文還另外給了艾金恩三十萬，還交代不要告訴艾金恩母親，還有，他還要艾金恩長大後去投資基因工程相關事業。

也許，那時候艾文說對了，二十年後，基因工程真的改變了人類社會，帶來不少財富，但他沒想到的是，他的兒子就是基因工程的最大推手。

關於艾金恩母親吳子薇，陳珮瑜最大的印象就是——餃子。

艾媽媽的娘家是在左營的眷村，燒一手好菜，餃子、包子、餡餅甚至是炸醬麵都難不倒她母親，而陳珮瑜最愛的是艾媽媽包的餃子，皮薄、餡多、個頭大，這餃子還包有油條、雪菜、豆角等等的餡料，是外頭吃不到的。

高二那年的期中考，妹妹陳婉瑜因車禍住院幾天，父母都在醫院陪著，所以那天中午回去，家裡沒有人，也沒東西吃。但後來她在火車站「遇見」艾金恩。

那天，是陳珮瑜第一次艾金恩家，在他家裡吃了好多艾媽媽包的餃子，臨走前還給她帶上二十顆當晚餐。而且，在那天她才發現，原來從頭到尾，艾金恩的家在桃園農工附近。

高三時，艾金恩才去過陳珮瑜家，去當免費家教，也教教小她一屆的妹妹陳婉瑜，所以漸漸的跟對方的家人熟識，當然除了艾文。

九點十分，列車準時開入高鐵台中站。陳珮瑜沒有起身，只是靜靜的看著車廂裡的人，一部份提著行李下了車，換來另一部份新的旅客，提著新的行李上了車，而剩下那些也沒有起身，只是靜靜的坐在椅子上。

列車開出台中站，一樣的加速，只是到了行車速度後，窗外的景色不是一望無際的平原和零星的民房，取而代之的是一些小山丘和夾在山與山之間的稻田，還有散落山間的白色油桐花。

二〇〇七年，陳珮瑜考上輔仁大學英語系，艾金恩考上屏東科技大學生命科學系。那年暑假，他們之間有了小小的改變。

「陳珮瑜小姐……」艾金恩故做嚴肅的說；「妳們放榜沒？」

「歐……放榜啦！」

「那妳有沒有考上南實踐？」

「呵呵……沒有，輔仁英語。」

「那是考太好還是考差了？」

「不知道！」

「沒關係！就算不知道是考好還是考差，考完就是要開心的，為慶祝畢業，送你一點小禮物！」

「真的嗎？真的嗎？真的嗎？你要送我什麼？」艾金恩遞給陳珮瑜一個盒子，過目，她愣了一下：「Tiffany&Co？這個很貴吧？」

「打開來看看。」

陳珮瑜解開盒子外面的緞帶，打開盒蓋，盒子裡有條項鍊，項鍊的造型是個小小的愛心。

「謝謝。」

「喜歡嗎？」

「非常！你要幫我戴嗎？」

艾金恩接過項鍊，陳珮瑜轉過身去，撩起頭髮，看著艾金恩環過她的頭頂，輕輕柔柔的幫她戴上項鍊，然後突然在她的左邊耳朵耳語：「陳珮瑜，我喜歡妳。」

陳珮瑜不知道艾金恩到底用了多少勇氣？準備多久的時間，安排這樣的機會，也有可能臨時起意的，自覺時機到了就告白。

陳珮瑜沒有答應艾金恩的追求。

「嗯……沒關係啦！我懂……」艾金恩有點低落的說道；「愛情本來就不能強求的。但我希望妳能好好保存這條項鍊，永遠不要把它還給我。」

「不要還給你？」

「其實，我在決定跟妳告白前，就想過兩個最可怕的結果；一是妳把項鍊還我，二是妳再也不把我當朋友。」

「我們本來就是朋友啊！不會因為這件事而改變的。」

「謝謝……」

接下來的暑假，陳珮瑜已經忘了在打工之餘，有沒有在跟艾金恩出門了，只知道在九月中開學前，他已經悄悄搬去屏東了。

後來的大學生活，新的生活，新的朋友，豐富的課外活動，燦爛的夜生活，尤其台北這城市，這城市是座華麗的迷宮，就算在裡面迷失了方向，也是快樂而幸福的。

在台北生活的陳珮瑜，身旁總是不乏追求者，四年內，她前後總共交了四個男友，最長的是一年八個月，最短的三個月。

大學這幾年，陳珮瑜沒什麼機會見到艾金恩，但她還是利用網路MSN、即時通、無名小站和後來爆紅的Facebook，跟艾金恩有一定的聯絡，就算沒有聊上幾句，也能得知他在屏東過得怎麼樣。陳佩瑜想，艾金恩也從網路得知她在台北過得怎麼樣吧，尤其是感情生活。

二〇一一年，陳珮瑜即將從學校畢業。很幸運的，她申請到同學校的研究所。她本來有點期望艾金恩會從屏東搬回來，不過艾金恩也申請到屏東科技大學的研究所，這意味這，他還要在屏東多留兩年。陳珮瑜不禁有點失望。

回想研究所的事，陳珮瑜不經承認那是段不太好的日子；碩一時，她劈了當時在當兵的男友，跟一個碩二的學長再一起，卻沒想到，那學長在台中有一個交往六年的女友，那個女生知道她之後，還特地北上台北，就為了親自甩陳珮瑜一巴掌。後來陳珮瑜消沉了好一陣子，感情也進入這一生中最長的一段空窗期。

艾金恩知道這件事，那段日子，他似乎特別常回桃園，而且每次回來都會約陳珮瑜出去散心，但是她都沒赴約過。

二〇一三年七月，艾金恩在電話裡很高興的說，他順利畢業了，要搬回桃園了，但是陳珮瑜卻只是冷冷的告訴他論文沒過的事。

後來艾金恩就跟他的老師進入「中央科學研究院：基因工程研究中心」工作，而且取得科技替代役的資格，而陳珮瑜則是在半年後取得碩士學位，二〇一四年夏天在新竹找到工作。

其實，在他們分別兩地，忙著自己的生活的這幾年，陳珮瑜每年都會收到艾金恩寄來的生日禮物、情人節禮物和聖誕節禮物，從沒間斷或延遲。

後來她在新竹的夜店裡認識了一個大她九歲的ＡＢＣ，這男人的出現，完全改變了她和艾金恩的關係。他的名子是Carr，但朋友都叫他——大貓。

二〇一六年，在一個仲夏夜裡，艾金恩打給陳珮瑜。

「妳在桃園嗎？」艾金恩在電話裡問。

「對啊，怎麼了？」

「沒有，我也在桃園，要不要出去散散心？」

「現在？去哪？」

「對啊，現在，去海邊。」

「嗯……」陳珮瑜看了看時間，晚上九點零六分。

「放心啦！我會開車載妳，不會有什麼危險。」

「好啊！」陳珮瑜思考幾秒後回答：「那你要來家載我嗎？」

「等我一下，大約九點半到。」

準時九點半，陳珮瑜家門口開來輛橘色的Infiniti FX35，是艾金恩。

「這你的車？」陳培瑜一上車就問。

「對啊！不錯吧！」

「蠻貴的吧？在中央研究院薪水很高歐？」

「NO……薪水少的可憐。」

「那你怎麼買得起這台車？」

「說來話長……」

那是陳珮瑜第一次坐艾金恩的車。從艾金恩開車的側影、說話的語氣，她發現，他已經不太像印象中的艾金恩，而多了中成熟、穩重的氣息。他開車的樣子特別優雅，像優雅的舞蹈，不急不燥，讓她有種實在的安全感。

車子平穩的滑過每個路口。陳珮瑜有一句沒一句的跟艾金恩聊著，沒話聊時，她就看看窗外的景色。車內的音響正放著洪一峰的「思慕的人」。她這時後才想到，艾金恩似乎很喜歡台語老歌，以前，她去艾金恩家時，他們家的音響幾乎都放著台語老歌，而她卻從沒問過那是誰的歌，也沒問艾金恩為什麼喜歡。

車停在一道堤防旁的路燈下。下車，她就發現堤防上有個木造的涼亭，而涼亭的位置剛好能讓路燈昏黃的燈光照著。

艾金恩領她走上涼亭，在長椅上坐下。

「這就是我常來的散心地方。」艾金恩說：「前面就是沙灘，但是這幾年沙灘越來越小了，海岸線也越來越靠近堤防邊。」

陳珮瑜望向那片黑暗，她想在黑暗中找到沙灘和海岸線，但她只能聽見海浪的聲音和聞到海風的味道，其餘都是一片黑暗。

她問了個問題。

「你為什麼喜歡晚上的海邊？」

「嗯……我覺得，不管妳到哪裡看夜景，妳都看的到點點燈光，但只有海邊，海邊的夜景是沒有任何光線的。然後……這跟白天是不一樣的，白天的海邊，妳看的到海浪拍打岸邊。但如果妳把妳的憂愁倒在白天海水裡，你就會看到哪海浪把妳的憂愁捲到海裡，又推上沙灘，這樣來來又回回，到最後，妳的憂愁就變成沙灘上那些……令人憂傷的垃圾。晚上的沙灘又不一樣了，妳看不到，什麼都看不到，只聽的到海浪的聲音，可是妳卻什麼都看不見……像個黑洞，而妳就坐在這裡，看著這個黑洞，把妳所有的憂愁從心底翻出

來，它就會一點一點吸走，把妳的憂愁一點一點都吸走。最後變成……就像剛睡醒的時候一樣，心很清澈，很平靜，覺得什麼事情都變得很清楚，而且……那些心煩的事，都變得無所謂了。」

「是歐……」

「很深奧嗎？」

「非常！」

「嗯……那就吃東西吧。」

她已經不記得那天晚上艾買了些什麼食物，只記得有她最愛的銀絲卷，還有熱水瓶裡事先沖泡的熱綠茶。

「那個……」艾金恩開口問道；「妳有話跟要我講吧？」

「嗯？」

「我想……妳今天會突然答應跟我出來，應該是有什麼很重要的事吧。」

她沒有回答，只是回頭靜靜的看著艾金恩。

「妳的眼神告訴我的，那件事，對妳來說很嚴肅的。」

「是嗎？那你覺得呢？」

「我想我猜的到吧……」

「那我告訴你，其實我非常想離職呢？」

「是嗎？這不是妳要說的事吧？」

「那我告訴你，我很喜歡你的Infiniti呢？」

「這我猜的到，但妳要說的也不是這件事。」

「哈哈哈……」

在笑聲過後，是沉如鋼鐵般的沉默，靜靜的壓在他們的四周，只有海風繼續撫過，只有海浪的聲音節奏性拍打，除此之外什麼都沒有移動、出現或中斷，似乎連深呼吸都沒辦法，只能靜靜的等待，任由時間流逝。而她只能深思，深思著這件事情的前因後果，深思著這件事情的成本和代價，深思這件事對她的人生有什麼影響，深思這件事該怎麼表達而不刺傷誰。

好一會，她才有勇氣吐出幾句話來擊破沉默；

「艾金恩……我要結婚了。」

又是另一段沉默，唯一不同的是，這個瞬間，他們倆的世界裡，似乎少了甚麼，少了個沉重巨大而且很重要的東西，留下了一塊無法填滿的空白，可是仔細檢視這空白，卻不知少了什麼。

「是大貓嗎？」艾金恩問道。

「嗯……」

「妳答應了？」

「嗯……」

「他有給妳戒指嗎？」

「有。」

「有鮮花或燭光晚餐嗎？」

「沒有。」

「親友團助陣？」

「也沒有？」

「那……他會照顧妳嗎？」

「嗯……」

「想請楚了？」

「想請楚了！」

「那是好事啊！恭喜妳！恭喜妳！那天？我一定到……」

艾金恩把頭別了過去，似乎刻意不讓陳珮瑜看到他的表情。

後來發生了什麼事，她忘了，但她記得，那天他是凌晨才回到家。在家門口，她沒辦法從包包裡找到鑰匙，一直到陳婉瑜來開門才能進去，而艾金恩則是一直站在她家門口，一直到陳珮瑜進到家門裡後他才離開，而且他不是馬上離開的，陳珮瑜從二樓的窗戶看到艾金恩在她們家巷子徘徊，他似乎知道該走了，但又捨不得離開而望向她家。陳珮瑜突然有個衝動，想去擁抱這個男孩，靠著他的肩膀，也許會情不自禁的吻了他。

她套上外套，下樓，推開大門，但到馬路上時，艾金恩已經開著車走了，留下空蕩蕩的巷子，以及空氣裡孤獨的味道。

兩個月後，她和大貓完婚了，但是艾金恩沒來，只送來了一包禮金，而且金額是所有賓客最高的十六萬八。

這時她才發現，未曾過問為什麼艾金恩這麼有錢。

不到一年，大貓就和就和夜店裡的Dancer發生婚外情，離婚了。其實陳珮瑜並不對這段婚姻感到後悔，只是他一直不能諒解，為什麼大貓不經過她的同意，就把她身邊所有關於艾金恩的東西全丟了，甚至連國中畢業紀念冊也是。

搬回桃園的陳佩瑜，曾到艾金恩的家裡找過他，因為自從她結婚後，艾金恩的手機就停話了，而且MSN不再上線，部落格也不再更新，他似乎就這樣消失了。但是去了艾金恩的家裡也沒用，因為鄰居說他們已悄悄搬走了。

陳珮瑜拿出手機，撥了桃園父母家的電話。

「爸，我是珮瑜。」

「歐……珮瑜啊！怎麼了嗎？」

「那個……我今晚上會回家一趟，會住家裡，可以嗎？」

「當然可以啊！妳媽會很高興的。那俊民有要來嗎？」

「沒有，只有我一個人，我只是來台北辦事而已。」

「歐！那好……那我等下幫妳收拾一下房間。」

「不用啦！我回去再弄好了。對了……媽還好嗎？」

「還算好，還能怎樣？還是整天問婉瑜在那。」

「是歐……」似乎沉默了一下。

「是啊！希望她不要再把妳認成婉瑜……好啦！那晚上有在家裡吃飯嗎？」

「應該會。」

「那我煮妳的。先這樣吧！晚上見。」

「晚上見。對了！爸……那個。」

「艾金恩的事我知道，新聞最近一直在播……」

掛上電話後，陳珮瑜有點意外，這麼多年，原來父親還記得艾金恩。

但是這段對話，又讓她想起另一件傷心的事，而且這件事重重衝擊她們家。

二〇二二年，除夕夜晚上七點多，陳珮瑜的妹妹陳婉瑜，在下班後獨自騎車趕回家裡，卻在桃園市春日路上被一輛酒駕、超速又闖紅燈的綠色Hybrid休旅車撞上。當經方通知家屬趕到醫院後，陳婉瑜在手術室裡。

醫生說，傷勢相當嚴重，全身多處骨折，腦部也受到重創，昏迷指數只有三，生命跡象極不穩定。而且由於腦部受到重創，未來腦死的機率極大，需要嚴密觀察。

聽到這，陳珮瑜的母親幾乎崩潰，哭倒在病房前，而她自己則是完全慌了手腳，縮在椅子上抱著大腿痛哭。

不知道過了多久，一個熟悉的身影出現在她右邊的椅子上。是艾金恩。

「珮瑜，我很抱歉會發生這種事。」艾金恩以一種前所未見的嚴肅口吻說著：「我也盡可能得趕過來了。」

陳珮瑜抬頭看看他，又看看她父母，不知道什麼時候出現幾個人，手裡拿著文件，正和她父母嚴肅的討論些事，然後他父親就在文件上簽字。

「我知道，以婉瑜的狀況來講，醫院不可能救她，但是我可以，而且我有自信能救她，但是我需要妳的信任，完全信任，因為我要把她帶走，去我的研究中心，而且我要告訴妳，請放心，明年這時，她就會回到妳們身邊，但是在這之前，妳不能過問，也不能告訴任何人這件事。告訴我！妳可以信任我嗎？」

陳珮瑜看艾金恩的臉，他是如此的誠懇。

「求你了，珮瑜……信任我。」

陳珮瑜沒有回答，只是輕輕的點頭。

「採集一下陳珮瑜小姐的血液和皮下組織樣本。」艾金恩命令幾個人：「基因比對用。」

那些人把陳婉瑜推出手術室，進電梯。下樓，出電梯，推過走廊，推上救護車。

而那些人上了另一輛黑色廂型車，艾金恩也上了那輛車，只是他跨上車前回頭看了看陳珮瑜。

那是陳珮瑜最後一次看到艾金恩。

隔年年初，陳婉瑜健健康康的出現在她們家門口，父母見著了她非常開心，尤其是母親，抱著陳婉瑜哭，久久不能言語。後來陳珮瑜問她妹妹，消失的這一年發生了什麼事？而她妹卻說她不記得了，只有印象他好像發生了很嚴重的車禍，然後做了個長夢，醒來後就在艾教授的研究中心了。

雖然陳婉瑜不記得哪些事，但家人也不太在意了。

陳珮瑜一直想當面謝謝艾金恩，但她總是找不到聯絡他的方法，只好作罷。

隔年，二〇二四年初，陳珮瑜相親結識了在跑船的王先生，年底就決定結婚，然後搬到高雄跟王先生及他一對只有二歲的雙胞胎兒子定居。而陳婉瑜也在那年結交了一位在竹科上班的男友。但是從那時候開始，陳婉瑜卻常常做噩夢，夢到自己車禍後躺在病床上血肉模糊的樣子，一天比一天更嚴重，甚至開始失眠、情緒不穩，到了憂鬱症的地步。

後來陳婉瑜開始求助精神科，開始心理治療及服用一些抗憂鬱的藥物。她男友不斷的陪在她身旁，支持她，而且家人也不斷的鼓勵她，也時時刻刻留心她，盡量不讓她一個人獨處。

二〇二五年，除夕夜晚上。那時候陳珮瑜在高雄婆家過年；陳婉瑜的男友和陳婉瑜的

家人在桃園家裡一樓忙著；而陳婉瑜，在二樓臥房裡，用儲藏室找到的童軍繩……上吊自殺。而第一個發現的是母親，但是為時已晚，到院前就沒了生命跡象。稍晚，陳婉瑜的男友打電話到陳珮瑜在高雄的夫家，接電話的是王先生，跟陳珮瑜講的也是他。

那天半夜，王先生連夜將陳珮瑜送回桃園，但是趕回去又怎麼樣？這個家……算是沒了。

不知不覺，列車已進地下道，那就代表即將抵達台北。

出站後，她在台北車站地下室的第三接送點看見一個身材高大，身著黑色西裝的中年男子，那個男人在確定她是陳珮瑜後，就帶她到停車場牽車。

車開出地下停車場，陳珮瑜才發現，今天台北的天氣是陰天；台北的景物改變真多，每條馬路、每個路口、每棟建築物，對陳珮瑜來講，都是新鮮的，畢竟距她上次來台北也有近十年了。

路上，陳珮瑜跟那個男人沒有太多的對話。他說他是「生息基因工程研究中心」的保全人員，本來應該是中心的助理來接她，但艾教授過事的這幾天，整個研究中心忙翻了，沒人有空，所以他才義務幫忙。

車沿著中山北路往北開，過了士林，在北投轉進一條人煙稀少的山路，延著山路開約二十分鐘後被一群抗議民眾擋住去路。

「這些衛道人士好像永遠不會煩一樣，從中心創立後就一直聚在這抗議，艾教授過世那天，他們還在門口放煙火慶祝哩！」

一群也是穿黑西裝的男人出現，推開民眾，好讓車子通過。

陳珮瑜看了看那些抗議人中手持的標語，多半都是「反對複製人」、「不可違背上的的旨意」、「人造人不是人」……等之類的。

車開進中心，穿過一片草地後停在一棟綠色的建築物前。

下車後，就有一個年輕的女人從大樓走出來。

「您好，想必您是陳珮瑜小姐吧。」那個女人走到陳珮瑜面前說道：「我是艾教授的助理，我叫Crystal。」

「妳好，跟我通電話的就是妳吧？」

「沒錯！歡迎您的大駕光臨，這邊請。」

Crystal把陳珮瑜請進那棟建築物一樓的會客室。

「我想先請問一下。」Crystal說：「您預計在台北停留多久？」

「明天就回去高雄吧，我想。」

「那您晚上有地方過夜嗎？」

「有！我晚上要回我娘家，在桃園市。」

「這樣啊，那我派人送您過去吧。」

「也不用了，我坐火車，家人會來接我。」

「那好……那我們會送您去車站。」

「謝謝。對了……你們找我來的原因？」

「其實是這樣的，艾教授在生前立有一份遺囑，而遺囑中交代，在他過世之後將由我負責執行遺囑，其中包括接手中心負責人職務一年，一年之後再由中心自行選出負責人。」

「那請問妳是艾教授的妻子嗎？」

「不！並不是，我只是他的助理而已，艾教授這一生並沒有結婚。」

「他沒有結婚？」陳珮瑜對這件事有些驚訝：「為什麼？」

Crystal沒回答，只是輕輕微笑。

「關於這點，陳小姐，妳可能要讀過艾教授留下的日記才能知道，在艾教授的遺囑裡也指出，如果您想要看，我們會複製一份給妳。」

「是歐……」

「其實請您來研究中心，就是遺囑中交代的。」

「他交代了什麼事？」

「解答妳心中的疑惑。」

「我心中的疑惑？」陳珮瑜沉思了一會：「關於我妹妹嗎？」

「是的！我想……最好的方法是帶您參觀我們中心。」

Crystal帶著陳珮瑜走出那棟建築物，坐上輛有點像高爾夫球車的交通工具，而開車的是另一個黑色西裝男。

「我們中心佔地相當寬廣，所以我們在園區移動時，多半以電動車代步。」

他們來到一棟五層樓高的白色建築物。Crystal帶陳珮瑜進入建築物裡。在門後面，是另一扇厚重的自動門，而且都要利用磁卡通過。他們一共通過四道門才來到一條兩邊都是落地窗的走廊。

「陳小姐，請問一下您對複製人工程有多少了解？」

「不是很明白。」

「那我為您介紹，妳現在看到的就是本中心的複製人工程中心，」

陳珮瑜望向落地窗外，果然看見許多斗大的玻璃培養皿裡，不明的異體泡著粉紅色的肉團，還有無數管線銜接、機械手臂來回移動，和幾個身穿無塵衣的工作人員。

「複製人的原理，首先是利用艾教授之前發表的原蟲細胞，原蟲細胞就像是人體的材料，我在原蟲細胞聚合物植入目標的ＤＮＡ，並活化，原蟲細胞就以植入的ＤＮＡ，在極短的時間內大量複製，並成長成『半全人』。」

「半全人？」

「對，就是有五官、皮膚、內臟、頭髮的『半成品』複製人，在這之後，我們才會讓『半全人』的腦部開始發育，發育完全後，我們就寫入本體的記憶，那種複製人稱為『複製體』。而另一種方法是直接移植本體的大腦到複製人身上，那稱為『移植體』，我們一般都會以『移植體』為主，但這種方法必需有本體的幹細胞，而且風險比較大。」

「兩者又什麼差別？」

「『移植體』的複製人，他們會覺得做了個長夢，然後醒來。而『複製體』，本體則會死去，而複製人將會取代他活在世上。」

「那靈魂呢？」

「本中心沒有靈魂的說法。」

「是歐……那我妹妹是？」

「您的妹妹陳婉瑜小姐，是本中心的『複製體』複製人。」

「那她的……」

「陳婉瑜小姐的本體早在十幾年前火化了，骨灰存放在本中心，如果您有意，我們能讓您領回去。」

陳珮瑜沒回答，因為她思緒有點混亂。

Crystal帶她來到第二棟建築物，是比剛剛那棟規模稍小的五層樓建築物。

「這是我們本中心的另一個重點，基因工程部門。」

和剛剛的建築物有點相似，通過好幾扇門之後來到一條走廊。

「基因工程部門主要的目的是『解讀基因』及『基因改良』，講白點，就是所謂的『人造人』。」

「人造人？」陳珮瑜很疑惑的說。

「舉個例吧，其實我就是個『人造人』。」

「妳？」

「您有沒有覺得我長得像誰？」

「嗯……」陳珮瑜開始思考，眼前這個美麗的女人，為何看來是如此的似曾相識。

「我的Matrix是來自一位活躍在兩千年初的知名模特兒。艾教授取得她的基因後，改良基因，再透過複製人的方式創造了我，所以我還保有她的外型，但是我的基因不會讓我罹患各種重大疾病。然而像我們這樣被改良基因的人，就被稱為『人造人』。」

「難怪我從剛剛就覺得，妳長得好像那個模特兒，姓林……林什麼的？」

「陳小姐！點到為止……」Crystal微笑的說。

「我知道了……」陳珮瑜沒有再多問什麼。

「那接下來，我帶您去艾教授的辦公室。」

在大門口，他們遇到一群人。

「Hi！Crystal。」其中一個男人問：「在忙嗎？」

「您好！張教授。」

「妳好……這位是？」那個男人看了陳珮瑜一眼，突然愣了一下，臉上堆滿有點驚訝的表情：「她是？Nicole的……」

Crystal沒有回答，只是輕輕的點頭。

「那妳就是陳珮瑜小姐了吧？您好！我叫張凱倫，艾教授常常跟我提到妳，而且他說妳長得很漂亮，而今天見到妳本人，我也這麼覺得。」他轉頭面向Crystal：「那……妳要帶她去見Nicole嗎？」

Crystal還是沒有回答，只是轉頭看了看陳珮瑜，然後輕輕點頭。

「嗯……」那個男人深呼吸：「恕我失陪，等下還有記者會要開，抱歉！」

他轉身走出大門。

「張教授是我們中心的元老級人物，他主要負責基因工程檢測的部份，那他跟艾教授……」

「Crystal！」陳珮瑜打斷她的話：「誰是Nicole?她跟我有關係嗎？」

Crystal沉默了一下，說道：「我不知道怎麼解釋，跟我來吧……」

陳珮瑜和Crystl來到中心東邊的一間二樓獨棟透天前。陳珮瑜進屋前看了一下庭院，庭園裡有一棵樹，樹幹上吊著一個木製的鞦韆。這時，她也發現，天空在她不注意時放晴了。

進屋後，陳珮瑜看了看屋內的環境。

「這房子是艾教授的。」Crystal說：「在中心成立後，他都一直住這。陳小姐，請坐。」她拉開餐桌的椅子請陳珮瑜坐下。

陳珮瑜坐下後，Crystal也拉了餐桌對面的椅子坐下。Crystal從外套的口袋裡抽出一張信紙：「這是艾教授要給您的信，他把它夾在遺囑當中，要我在這時候給妳看。」

陳珮瑜接過信紙，打開，才讀第一行她就確定這是艾金恩的筆跡。前半張信紙，艾金恩寫的是，如果陳珮瑜讀到這封信，那代表他已經死了，他希望陳珮瑜能好好的過日子，不管現實是怎麼樣，希望她能快樂，好好照顧自己。看到這些內容，她有點感動，但是後半張寫卻讓她有點混亂。

陳珮瑜，我這輩子有三件事對不起妳：

第一：很多人都說我是天才，但我知道不是，尤其是在妳面前，我是如此愚蠢、幼稚、膽小，在該說我愛妳的時候，我選擇沉默；在該成熟的地方，我選擇幼稚；我不該離開妳，也需我該一直在妳身旁照顧妳。但我都沒有，只能眼睜睜的看妳愛上別人，然後用「愛情不能強求」的理由搪塞自己。

第二：對於陳婉瑜的事，我對不起妳和妳的家人。當初我以為，複製人工程已成熟到能應用的地步，但沒有顧及複製人極為特別的心理情緒，那是我的疏忽，造成妳們家極大的傷害，而且我始終沒有原諒我自己。如果妳因為這樣而恨我，我接受，妳是該恨我的。

第三：對於Nicole……那是我這一生犯下最大的過錯。我知道，愛情絕對不是占有，但是當她向我走過來並擁抱我時，我就知道我犯下這個大錯，而且我不知道該怎麼辦……我只能……陳珮瑜，我這一生中，我只有把妳放進我心底。

我可以不要這生的成就，我也願意把我所有的人生給妳，就算妳從來都沒有愛過我。陳珮瑜，我愛妳！請原我到現在才跟敢妳說，也原諒我犯下的過錯

艾金恩二〇三八年一月十六日

陳珮瑜讀完後，久久不能言語，她的心中五味雜陳，但是她突然想起一件事。

「其實，我想跟他說……對於我妹的事，我並不恨他，一點都不會恨他……」

「我想艾教授會知道的……」

Crystal帶著陳佩瑜上二樓，在一面關上的門前停下。

「她就是Nicole，二〇二五年出生，但她的外表看起來像二十歲，因為艾教授在創造她時設定的。妳要見她嗎？」

陳珮瑜點點頭。門被推開，映入眼簾的是一個粉紅色系裝潢的女生房間。床上有個女孩背對門坐在床邊，金色的大捲髮、白色的雪紡紗洋裝。她的背應看來卻相當悲傷。她的身旁圍著三位中心的女研究員，其中一個看到Cryatsl和陳珮瑜，便從椅子上起身。

「Cryatsl，Nicoie前兩天情緒還ＯＫ，但今天早上一起來就相當低落，一直哭……」她看了看陳珮瑜，頓了一下「那我想我們先出去好了。」

她揮揮手，要其他兩個研究員出去。

門帶上後，Cryatsl對那個女孩說：「Nicole，有人來看妳了，這位是陳小姐，艾教授的朋友。」

陳珮瑜在床邊坐下。

「妳好，妳是Nicole嗎？我叫陳珮瑜……」

那個女孩轉頭望向陳珮瑜，突然之間，陳珮瑜覺得自己不是在面對一個陌生的女孩，而是面對一面能返老還童的鏡子。陽光從窗戶外灑了進來，照映在那女孩身上，她的頭髮、她的臉頰、她的眼睛、她的睫毛、她的鼻子、她的下巴、她的手指……都跟二十歲時陳珮瑜一模一樣。

陳珮瑜倒抽了一口氣，完全不相信自己的眼睛。

她伸手握住這女孩的手腕，是溫暖的。

她碰了碰這女孩的臉頰，也是溫暖的。

「艾教授發現，在人類基因排序，除了能決定外在生理，還能決定一些先天性的心理素質。而在尚未對外公布的第AC〇七六區塊，是決定愛情，某種基因排列的人，先天上特別容易愛上特定一種基因排列的人……」

陳珮瑜直愣愣的看著眼前這女孩。

「妳妹出事的時候，其實根本不需要採集妳的基因樣本做比對。」說完，Crysatl就安靜了下來。

「為什麼妳不愛他？」那個女孩突然極熟悉的聲音對陳珮瑜說：「為什麼我要當妳的替代品？為什麼心痛的是我？不是妳？」

她開始痛哭。

陳珮瑜將她擁入懷中，卻也哭了起來。她覺得莫名的心痛，饋堤似的侵襲她的心，將

她的心啃食待盡，不能自我，只能任由自己痛哭，從來沒有如此的痛哭。

其實她不了解痛哭的原因，也許是因為艾金恩說過的話。

「有時候，人類的科技發展只不過是為了滿足自己的私欲之心而已，不是嗎？但那有什麼不好？」

◎評審評語

馬　森：動人的科幻奇想，人物生動，佈局層次分明，引人入勝，是我的首選。不過其中也有兩項不盡令人滿意之處：其一是主人翁陳佩瑜既然愛過很多男人，為什麼偏偏對她知道愛她的艾教授從不假以顏色？對此作者應該有所交代。其二是艾教授為何未複製一個自己以備萬一？

凌　煙：這篇結合科技與愛情的故事架構完整，寫作技巧也很熟練，令人讀來順暢，雖對複製基因工程有所省思，但對女主角妹妹這個複製人後來卻選擇自殺並未深入描述，因而降低了說服力與批判性。

郭澤寬：雖然是一篇科幻作品，但大量的篇幅主要敘述兩人少年時交往的過程，以至許多對於科幻作品該有（或說，必須做為一種解釋）的科學說明，稍嫌薄弱，同時所描述的科學技術，還有待補強。但做為一個故事而言，仍不失其張力，尤其突顯了科學與道德之間的角力，使得故事不僅是個科幻寓言，如今已是現實問題。

◎得獎感言

前年，我寫了篇很奇怪的小說，投稿，沒得獎。

去年，我寫了篇不太好的小說，投稿，得佳作。

今年，我寫了篇還OK的小說，投稿……

總覺得像在對發票時對到最後一張才中獎一樣。

我謙卑的說：「小弟不才，感謝評審老師們的賞識！」

‖二〇一〇高應大文學獎：小說組第二名‖四外四甲／賴瑋琳

鞦韆的祕密

今晚，我又再度來到這片森林，眼前所見的，跟上次來時一模一樣。參天大樹纏繞著沒有盡頭的藤蔓，腳底下溼潤的青苔也依舊讓我的塑膠鞋打滑，霧茫茫滲入一片綠色憂鬱，冷冽霧氣侵蝕著我的皮膚，下次來時，真的要穿多一些，心裡又重複跟上次一樣的對話。不知道過了多久，便看見了同樣隆起的小丘，相同的雜草叢生，枯枝包圍著小丘，就像是沈睡百年的棺材。此時，一群烏鴉驚動了森林中的萬物，小丘上的塵灰被風颳進我的雙眼，下意識的用手去揉，攤開手中握的，卻是兩顆沾滿鮮血的眼球。

我醒了，相同的景色，相同的驚嚇，不知道是這個月第幾次了，而吵醒我的，同樣是隔壁住家鞦韆上生鏽螺絲的嘎嘎聲，鐵紅的鐵鏽隨著擺動的鞦韆發出尖銳吵雜的聲響。明早該去跟屋主說一聲了，我心盤算著。嘀咕完後，繼續用棉被蒙著頭跟月亮約會。

「今天想剪什麼樣的髮型呢？」「我想要打薄，看起來比較輕爽。」我很喜歡我現在的工作；剪刀隨著緊促的節奏在空中一開一合，搭配不斷掉落的髮絲，像一根根的針，優美的劃過空氣，也像是打在屋簷的黑色雨水，讓我滿足的當個十分鐘的指揮家，在美髮院裡上演著無人知曉的交響樂。而最讓我滿足的是當客人看到重新打理好的髮型而展露的笑容，那大概是比薪水更能犒賞我的東西了！但美髮院也不乏要跟客人閒話家常。

「對了，你不是住在十三街那附近嗎？」「是啊，怎麼了嗎？」「聽說你家附近有一棟鬼屋耶！超恐怖的！」「是嗎？我怎麼都沒有聽說過？」我向來就不太相信這些怪力亂神的事情，何況是「鬼屋」這種毫無科學根據的東西。

經過隔壁住家時，我特意放慢腳步，這是一棟擁有歷史的高級洋房，吸地植物爬滿了整個屋頂，煙囪冒出的白煙跟黑壓壓的煙囪本身形成強烈的對比，牆壁上的磚瓦也有些斑駁跟裂縫，但年久失修的外觀仍舊能看出這棟建築的氣派，周邊環境也沒人整理，庭院的雜草都長過膝了。視線隨之來到盆栽旁的鞦韆上，坐在上頭的，就是這棟洋房的主人，從我搬來這裡的三個月內，我們一句話也沒攀談過，之前有聽過其他街坊鄰居談論他的事，細節我有些忘了，不過好像是在多年前的一場大火讓他失去家人因而變的如此孤僻，不與他人交談。他的頭髮因為多年沒整理，變得又長又亂，正當我想的出神時，亂髮下的一雙

眼睛用極其銳利、駭人的眼神打量著我，我立即回過頭，轉入我家門，提醒他幫鍬韆點油的念頭也隨之忘記了。

時針指著十一點，我喝著英式紅茶享受著夜晚寧靜的時光，但隔壁的鍬韆還是嘎嘎作響，尖銳刺耳的頻率打亂我心如止水的平靜，就像鍬韆上頭生鏽的螺絲不停頂著我的太陽穴，又痛又煩。在這種噪音污染下，讓人不瘋也難！我不禁把我最近做的惡夢歸咎在它身上。

我受不了了！於是，我站到窗戶前想要一窺究竟。

是洋房主人！直覺性的往下蹲，深怕他發現我。這麼晚了，他還在外頭做什麼？難道這些日子以來，都是因為他在盪鍬韆嗎？但有時鍬韆都是半夜三點發出聲音的，難道他半夜都在盪鍬韆？這實在是太詭異了，我想起客人跟我說的鬼屋一事，不禁直打冷顫。秒針不知走了幾圈，嘎嘎聲停了，我的腳也麻了，才停止我自己嚇自己的荒謬想法。

今晚，我又再度來到這片森林，眼前所見的，跟上次來時一模一樣。參天大樹纏繞著沒有盡頭的藤蔓，腳底下溼潤的青苔也依舊讓我的塑膠鞋打滑，霧茫茫滲入一片綠色憂鬱，冷冽霧氣侵蝕著我的皮膚，下次來時，真的要穿多一些，心裡又重複跟上次一樣的對話。不知道過了多久，便看見了同樣隆起的小丘，相同的雜草叢生，枯枝包圍著小丘，就像是沉睡百年的棺材。此時，一群烏鴉驚動了森林中的萬物，小丘上的塵灰被風颳進我的雙眼，下意識的用手去揉，攤開手中握的，卻是兩顆沾滿鮮血的眼球，嚇得我往地上一丟，血淋淋的球體沿著斜坡往下滾，表面沾滿了塵土，最終被一根鐵柱檔了下來。

這天我休假，趁著太陽難得露臉，我決定今天要好好整頓我的庭院一番，或許是因為昨天看到隔壁庭院的關係吧！在幫玫瑰澆水時，我看到洋房主人步出大門坐在鞦韆上，想起昨晚的事情，我立即起身轉頭就走，絲毫不想跟他扯上關聯。

「年輕人！」隔著籬笆，洋房主人出聲喚了我，我心頭一驚，過了一會兒才壓抑著我幾乎快蹦出的心跳回過頭。「請、請問、請問您有什麼事情嗎？」當下，我多想咬掉我的舌頭，真不知是在抖什麼、結巴什麼。「幫我剪個頭髮吧！」「什麼？」我懷疑是我聽錯，原來我是如此熱愛我的工作，連放假都想要幫別人剪頭髮。「你不是理髮師嘛？幫我剪個頭髮吧！」我當下愣了十秒鐘才意會過來。「好阿！」這是我的回答。

過了一會兒，我拿著我的生財工具站在他身後，而他坐在鞦韆上。「在這邊剪可以嗎？還是要進屋裡？」「這邊就好了！」一一梳開乾如稻草的頭髮就花了我好幾分鐘，「要剪成什麼樣子呢？」「剪短，越短越好。」接下來的三十分鐘對我來說有如三十天一般，如此沈悶、難熬，想要開口說些什麼，但話到嘴邊又吞回肚子裡，是要我現在提醒鞦韆點油的事情嗎？我終於體會到跟客人閒話家常在剪頭髮的過程中是如此重要！

銀白的頭髮慢慢的在草地上積成一團，洋房主人的臉也隨之撥雲見日，一條像變形蟲的傷疤從他的眼角爬到嘴邊，額頭上刻劃著消逝的歲月，眼神也不如之前那般凶惡，反而流露出一股淡淡的哀愁，後頸有大片的燒傷疤痕，像墨水在羊毛紙上暈開的太陽。「剪短露出傷口可以嗎？」「都過了這麼久了，該面對的也是要面對，得公開的就讓它公諸於世吧！」我佩服起他的勇氣，如果是我，我應該會把這麼駭人的傷疤藏在頭髮下一輩子吧！

晚上要就寢時，想到洋房主人的話不禁為他難過起來，身上的傷口很痛，但失去親人的傷口應該更深更痛吧，這麼久以來他都是一個人過活，見他也沒什麼朋友，或許身為鄰居的我應該要多多關心他吧！床單上灑滿月光，空氣又瀰漫著鞦韆的嘎嘎聲，但這次，我沒有怨言。

接下來的每一天，只要我遇到他都會主動跟他打招呼，澆水的日子我也會坐在圍籬旁跟他聊上幾句。就這樣過了兩個月，我都叫他繆叔，也成了他專屬的髮型師。「繆叔，你的頭髮修剪的很整齊，現在是不是該輪到你的庭院了？」見他那有如荒廢一般的庭院，我想幫它發個聲。「好是好，但庭院這麼大，草又長的這麼高，我年紀也有了，整理起來很累人的！」「我來幫你吧！我年輕力壯，割草這種事還難不倒我！」於是，我不僅成了繆叔的專屬髮型師，也成了他的園丁。完成這件把我們兩人都累的半死的工程後，繆叔開口了，「辛苦你了，難得放假還幫我割草，進來喝杯茶吧！」

這是我第一次進來這棟洋房，氣派的旋轉階梯鋪著天鵝絨地毯，天花板的水晶吊燈映著金碧輝煌，壁爐燒的熊熊烈火似乎顯現著財力的雄厚，牆上栩栩如生的駿馬圖就像要從畫布裡一衝而出。「進來客廳吧！」跟大廳截然不同的客廳，牆壁有如一片黑炭，窗簾跟地毯都破爛不堪，傢俱也腐爛不堪使用。接著，我的視線來到桌上的相框，刻花的銀製邊框，裡頭的女子有著飄逸長髮，向上彎的嘴角幾乎能融化世上一切的不美好，迷人的眼眸使我深深陷入她的旋渦，正當我看得出神時，繆叔帶著疼愛的眼神看著照片對我說，「她很美吧！」我立即點頭如搗蒜。「她是我妹妹。」我瞪大了眼看著他。

「我父母在我二十歲時才生下她，那時家中的事業如日中天，她也順理成章的成為大家的掌上明珠，但六年後，我父親在一次船難中喪身了，我母親也因為承受不了痛苦自殺了。那時，全家的經濟重擔全部落在我身上，上億的賠償金跟父母的喪禮快把我逼瘋了。有一次我受不了壓力坐在地上痛哭時，她眨著她的大眼對我說，我會永遠陪在哥哥身邊的。聽到這，我終於潰堤了，她只是個六歲的孩子，反而來安慰我這個二十幾歲的大人，所以我下定決心，要好好的照顧她，也把債還清了，更將家業推上另一個高峰。她想要什麼我都會盡力給她，外面那個鞦韆，就是我送她的禮物。」繆叔說到這裡就哭了起來，我連忙安慰他說，「繆叔，不要再難過了，如果你不想再講的話，那就不要再說了。」「對

不起阿，本來要請你喝茶，反而要你來安慰我，失態了。」繆叔擦了擦眼淚說，「今天可能沒辦法招待你了，只好下次了。」

躺在床上，腦海不停播放著繆叔關愛的眼神及淚流滿面的心痛，他一定很愛他妹妹吧，都過這麼久了，提起往事還是如此難過，從客廳就可得知那場大火的猛烈，他妹妹也真是可憐，這麼年輕又漂亮就葬身火場，繆叔也很值得同情，失去雙親後又要接受唯一的家人身亡的事實，好不容易渡過負債的煎熬，開始重建事業的版圖甚至更強大時，再次受到妹妹身亡的打擊，從此一蹶不振到現在。

鞦韆又開始嘎嘎響了，我想這就是他對妹妹的思念吧！每盪一下所發出的刺耳聲，現在我聽起來就像聲聲割入繆叔心裡那永遠無法撫平的痛。這次，我不需要月光的溫柔，今晚伴我入眠的是繆叔對妹妹至死不渝的愛。

今晚，我又再度來到這片森林，眼前所見的，跟上次來時一模一樣。參天大樹纏繞著沒有盡頭的藤蔓，腳底下溼潤的青苔也依舊讓我的塑膠鞋打滑，霧茫茫滲入一片綠色憂鬱，冷冽霧氣侵蝕著我的皮膚，下次來時，真的要穿多一些，心裡又重複跟上次一樣的對話。不知道過了多久，便看見了同樣隆起的小丘，相同的雜草叢生，枯枝包圍著小丘，就像是沉睡百年的棺材。此時，一群烏鴉驚動了森林中的萬物，小丘上的塵灰被風颳進我的雙眼，下意識的用手去揉，攤開手中握的，卻是兩顆沾滿鮮血的眼球，嚇得我往地上一丟，血淋淋的球體沿著斜坡往下滾，表面沾滿了塵土，最終被一根鐵柱給擋了下來，原來是座鞦韆，有個小孩坐在上頭，我拍了拍他肩膀問說，「小朋友，你怎麼一個人在這裡，你的父母親呢？」「我的爸爸媽媽都去世了！」之後，他便哭了起來，我立刻蹲下來安慰他，「不要難過了，啊！」我跌坐在地上，無法相信我眼前所見的，這個小孩他，他沒有眼球！

接下來有好幾天，我都沒遇到繆叔，但半夜還是能聽到鞦韆的聲音，我也是每天都會到森林裡，遇到那孩子。

碰！碰！碰！一陣急促的敲門聲把我從夢中叫醒，打開門來，一位穿西裝的男子站在門口，「請問是崔先生嗎？」「我是，請問發生什麼事嗎？」見我疑惑的表情，他馬上解釋，「是這樣的，我是隔壁曹老先生的律師，曹老先生不幸在三天前心臟病發病逝了，他前陣子更改遺囑，內容有提到你，不知你是否……」我聽到這裡馬上跑到繆叔家，地上躺著一具已蓋上白布的屍體，警察忙著做筆錄，「怎麼會這樣？怎麼會這樣？都怪我沒有關心他，他心臟病發我都不知道，以為這幾天還有聽到鞦韆聲就安心下來。」想到這裡，我突然察覺到事情不對勁，律師說繆叔是三天前過世的，但昨晚我還有聽到鞦韆聲啊！

「律師先生，我們在現場發現這封信，不曉得你知不知道收信者是誰？」律師先生接過警察手上那封信，看了看上頭的收信者便遞給我，「看看他想對你說什麼吧！」我顫抖的拆開信封。

小崔，自從我妹妹身亡之後，這二十幾年來，都沒人關心過我，是你讓我重拾人心的溫暖，真的很謝謝你。

今天提到我妹妹的事，我只說了一半，一半原因是因為我真的太難過了，另一半是因為我害怕。我怕我說出來，你可能會馬上收回你對我的關懷，但，如同我之前說的，「都過了這麼久了，該面對的也是要面對，得公開的就讓它公諸於世吧！」在我揭發事實前，請先答應我，我死後要跟我妹妹葬在一起，如果你做不到，那就不要往下看了！

「曹老先生說，他想要跟他妹妹葬在一起，可以嗎？」我轉頭問律師先生。「可以是可以，但我不知道他妹妹葬身何處啊？」「他信中應該會提及吧！」於是我繼續往下看。

大家都以為我妹妹是喪身在火場中，但我必須說，那場大火只是我演給世人的一齣戲而已。

隨著年紀的增長，她越來越漂亮，相信她的照片對你說明了一切。她的身邊也不乏追求者，從小就對她保護過剩的我，一一擋掉那些蜜蜂蒼蠅。但最後她竟然跟我們家裡的園丁相愛，交往了半年我才知道這件事，知道後，我想盡一切辦法要拆散他們，有一天半夜她終於受不了，大喊對我說，她已經懷了那園丁的孩子了，難到我要讓她做個未婚母親嗎？氣急敗壞的我什麼也沒說就是一陣拳打腳踢，不顧她護著肚子哭喊，等到我恢復理智後，她已經死了。喪心病狂的我，立刻跑到廚房拿起刀子往樓上園丁的房間奔去，不知道砍了幾刀，直到他沒氣後，我就把他的屍體載到郊外的森林給埋了。回到客廳後，看著躺在地上的她，我馬上放了一把火，驚醒了每個傭人，我警告他們不准對外宣揚，顧不得臉頰因被掉落的燭臺打傷流血，我還是堅持要親手把她的屍體埋在鞦韆底下，大家對於我的異常也以為是失去親人的痛苦所致，直到現在每個人還是以為她是死於火場。

這幾年來，我一直活在殘害三條生命的陰影之下，每一晚，我幾乎能聽見我妹妹哭喊著她懷孕了，她孩子的哭聲，園丁死前的哀求聲，當我又從睡夢中驚醒時，我總

會走到鞦韆那裡坐著，懺悔我的所做所為。

讀到這裡，我全身開始發抖，律師先生跟警察看到我的反應頻頻問我信的內容，我一個字也說不出來只能把信交給他們自己看。過不久，警察在鞦韆底下挖出一具白骨，經過鑑定後，確定是繆叔的妹妹。

律師過不久宣佈遺囑，繆叔要將他的財產跟房子過戶給我，但我回絕了並要他將錢跟房子捐給需要的人。

過沒幾天我搬家了，也沒向其他人提起洋房裡所發生的事情，從此我再也沒聽過鞦韆聲，也沒再去過那片森林了。

◎評審評語

馬　森：帶有神祕氣氛的故事。哥哥用兇殘的手段對待所愛的妹妹，這樣的事世間可能會有，但作者應有重點交代，才會使讀者感到哥哥做出恐怖行為的合理性。

凌　煙：此篇作品筆法熟練，架構也很完整，最成功的部份在於氣氛的營造，藉夢境與真實交織出一件懸疑案件的始末，若能多在老人對妹妹的愛著墨刻劃，又能對主角的靈異體質有所交代的話，會更具說服力。

郭澤寬：連續數次的反覆，不僅不讓人覺得枯燥，反而透過文字，成功塑造了神祕的意象，為作品增色許多。唯做為聚焦者的主人公本身，為何涉入行動、進入曹先生的生活圈中，未加以著墨，從而使得這個夢境形成的說服力降低，是本作品比較可惜的地方。但流暢帶有神祕色彩的文字敘述，依然能吸引讀者的目光。

◎得獎感言

因為是第一次執筆寫小說，從沒想過可以得獎，謝謝家人及朋友的鼓勵，也謝謝評審們的肯定，創作之路既艱辛又漫長，但我會堅持下去的。

二〇一〇高應大文學獎：小說組第二名

電機所博士班／陳建宏

世代最後探戈

「敵人就是從我們身邊跑開，躲著我們，看起來像敵人的任何人。」──美國陸軍步二十三師十一旅二十團一營三連排長凱利William Calley中尉

一九六九秋天，美國軍事法庭。越戰美萊村屠村案證詞，否認那天殺死一〇二個平民。

西元二〇〇二年　「目標只有一個但找不到路，我們稱之為路的叫作躊躇」

午後，時常下雨的越南胡志明市，雨下到連時間都忘記了，也沒人記得今天是星期幾，有人說過這裡曾叫東方之珠，或許正是如此，這幾年來許多外商在此建設，打造出新的二十一世紀新越南的建築模樣。有個留性格鬍渣的中年男子，阮志豪，穿著Dunhill西裝跟牛津皮鞋，走在富潤郡七坊的潘西湖街，小心的用西裝外套遮著衣服內的突出物，這裡附近有許多食品加工的廠房，郊區隔壁也有許多老闆居住的大豪宅，沿著城市上坡路迂迴上行，愈走愈不見高樓林立，阮志豪一度以為走錯方向，從手提包裡面的目標筆記本，指示續往前行，果然見到典雅的白色粉刷建築，這間別墅頗為隱密，就差點淹沒於行道樹綠意花草裡。

千禧年後，胡志明市土地開發的商人，通常鎖定主要幹道的土地、透天店面，等待長期的增值效益，至於市政府等綠園道週邊的中高總價房屋，雖然屋齡普遍較舊，但仍屬於傳統的優質名宅聚落，現在仍受大都會區在地客層青睞，而外地客層則較偏好郊區內的別墅，就像這間他要找的大房子。

阮志豪的名牌皮鞋踩著積水路面，靠進白色美麗建築的大門，嘴巴緊閉不語心理卻咒罵著豪雨，西裝內他搭配著Hugo Boss的夏天襯衫，左上方口袋夾著萬寶龍的波西米亞鋼珠筆，這支筆上面鑲有黑色寶石，無論如何，筆、西裝、皮鞋、都完全溼透了，他身上有牛皮肩掛槍套，就像便衣刑警使用的那種，他用手勾著行道樹，小心的攀爬圍牆、繞過監視器、躍進豪宅圍牆內，落地後迅速的拿出衣服內的突出物，用防水塑膠袋包覆的九厘米葛拉克十八型全自動手槍，撕掉塑膠袋馬上有股槍管潤滑油味侵襲阮志豪鼻子，他打開廚

房的門，因為越南人喜歡在開放空間煮飯，這間豪宅甚至有戶外餐桌，所以他一定有辦法進去，他有辦法進去，就得要有辦法向這間漂亮房子的主人交代，因為他不是警察，而且他也犯了入侵罪，不過他似乎不打算編任何理由。

他從廚房通往客廳的門探頭，確定沒有人之後快速走樓梯上二樓，溼透腳印就留在階梯上，那是證據，不過無所謂，他聽到臥室房間裡面似乎有聲響，他果斷的掏槍對準門，先拉下滑套上膛、扣緊板機，在五秒內就打完三十三發子彈的長彈匣，再迅速換上滿子彈的長彈匣，並且碰碰碰不帶任何感情的、機械式的扣住板機，抵住後座力，把子彈打完，這沒有相當有經驗或是受過訓練是辦不到的，門上迅速出現數十個大小不等的彈孔，這過程只花不到一分鐘，除了職業級高手外，很少人會把葛拉克手槍當作是連發式衝鋒槍使用。

阮志豪用滑稽的語調喊著：「我是黎先生派來幫你們的，你現在還好嗎？我要進去裡面了。」打開門穿過刺鼻煙霧，發現有兩個人不規則違反人體工學的躺在地上，其中一人已經沒有意識，另外一位稍微有點呼吸的是跟阮志豪的同一個公司的員工，兩人見過幾次面，躺在地上的他，眼睛已經受重傷血流如注，他還來不及反應，也不曉得發生什麼事，他現在眼睛完全都看不到，只能哀號並呻吟痛苦著大喊：「同行阿！請問黎先生為什麼要派你來殺我？」

阮志豪起初低頭看著同個組織的殺手，他自己也有點耳鳴，甩甩頭部，即刻抬起頭冷淡的說：「我叫阿豪，你沒完成老闆要交代的事，他叫我今天一起把你兩個完成。」

躺在地上那位殺手突然激動的抖動「同行阿，他不是……他不是……他真的是……」然後，露出他這一生最後一個誇張的表情，就結束這段對話。

當阮志豪無意間房子牆上的照片，發現另一個倒在地上的是這間房子屋主的僕人時，發現目標錯誤，已經是半個小時後的事，他是個有特殊品味的殺手，但他很少像今天一樣犯錯，這次算是他天大的失誤，他呼吸急促，似乎緊張的發抖，雖然是在郊區的偏遠別墅，但是剛剛的聲響可能會導致警察或鄰居過來關切，阮志豪找尋了房子每間房間，邊冒冷汗邊找尋目標的蹤跡，他一直希望那個人是正確的目標，但由於聽到警車的聲音只好趕快急忙的離開現場，留下懊悔的雨天腳印。

二〇〇九年底　「人類常對惡魔分期付款」

台北冬天的雨，與越南的雨味道截然不同，帶著資本主義的雨，滴答答答打在車頂上，而計程車廣播內容：「各位聽眾您好，即將邁入二〇一〇年，華夏航空公司推出

『五十大壽』歷史回顧展，特別舉辦老照片及文物徵選活動，民眾只要提供早年拍攝的與華夏航空有關的照片，獲錄取就有機會獲得頭等艙、商務艙等機票。」

「下一則新聞，明天將有大陸冷氣團，北部地區民眾請多加注意保暖。」計程車後座乘客，年紀約四十歲的吳隆家，帶著學者專用的眼鏡，穿著像一般老師都會穿的襯衫，搭著聚酯纖維運動外套，拿出手機，神秘的小聲說：「要幫我找的行家找到沒？我最近就要行動，知道嗎？我保了非常高額的保險。」而計程車在泰式按摩店門口停了下來，乘客吳隆家走下計程車，走進這間泰式按摩混合著精油、泰式音樂、越南新娘與泰國新娘打牌的聲響，吳隆家最愛先喝個純麥威士忌再來這邊精油按摩，但是他今天除了按摩消除疲勞以外，他還要談一件事情，如何消除一個人；消除後的疲勞會持續恢復，但是消除後的人命卻無法復活。

隱密的泰式按摩二樓小房間裡，冒出充滿猜忌、邪惡的對話。

「我已經聯絡了，你說指定不要大陸的，他幫你找東南亞來的。最近大陸人愈來愈多，素質也不好，雖然要搞定的價碼沒有以前高了，但是他們失手的機率也高。」二樓房間按摩床上，背面朝上躺著一個年約四十歲的男子。

「他快要用拐杖走路了，身體狀況只會變糟不會變好。我堅持要找新面孔，這件事情不能有任何的差錯。」吳隆家小心翼翼的說，他內心擔心附近有竊聽器。

「恩，那很容易完成，你放心，你先把頭款放袋子吧。」他揮了手指示角落的袋子。

「你知道那件事現在的進度嗎？教育部跟國科會都要追回你那筆研發經費。」趴在按摩床那個男人轉頭起身，他是吳隆家的同事，揮了個手勢，示意按摩女郎暫時出去，雖然這裡是泰式按摩店，但是越南籍按摩女郎人數卻比泰國籍多。

吳隆家眉頭深鎖的想了一會兒，做出了恐怖的想法：「這個計畫一定要完成，不管要付多少酬勞？我要一次就完成。」

同事轉身對吳隆家說：「有個文學家這樣說過，對惡魔不能分期付款，人們卻不斷的嘗試這樣做；可以想像，儘管亞歷山大大帝在年輕時代戰功顯赫，儘管他有著訓練有素的傑出軍隊，儘管他自我感覺良好，能對付世界發生的變化，但他卻在海勒斯鵬特海峽前駐足不前，遲遲無法跨越，這並不是因為畏懼，不是因為優柔寡斷，也不是因為意志薄弱，只是因為大地的沉重。」

二〇〇九年十二月二十五日　「世界上的所有不協調看起來只是數量上的不協調」

「各位聽眾朋友大家好，我是台北知音廣播電台DJ小恩，現在是名人開講，今天我們第一個小時特別來賓，邀請到的是的前華夏航空主任，他同時也是一位很棒的中華英雄，是個飛行英雄——吳虎。上週節目中提到我很榮幸的受邀參加華夏航空座談會……有提到本週華夏航空展，當年在越南英勇的吳大哥會帶給大家精采的演講和表演。難得有這樣珍貴的機會~真希望各位聽眾朋友下週三到世貿大樓現場來共襄盛舉。」

吳虎受邀在電台錄完節目後，已經是晚上八點了，穿著厚棉外套在路上招計程車，雖然已達從心所欲，不踰矩的年齡，但是吳虎還是很努力維持身體的健康，回想剛剛節目裡，主持人一再的強調吳虎在一九六九年越戰時，華夏航空幫忙美軍運補物資，運輸機多次躲過越共炮火，然而有次運輸機遭擊落，迫降在某一個越南村落，吳虎即是當時的駕駛員，在村莊中躲了十幾天，才被美軍陸戰隊第一偵查營巡邏隊救回的往事。

不過大家都不知道，當天飛機迫降後，許多越共散兵追來農田找尋生還者，恰好村子有戶農村小孩，在田裡發現了迫降落難的飛行員吳虎，把吳虎帶回去村子，卻也引發續這個村子被摧毀的事件。

接近晚上捷運的最後一班車，吳虎不知道在想什麼事情，獨自上了車廂，車上的許多年輕制服學生，剛補完習帶著ipod耳機準備回家，寧可站著也不願意佔用博愛座，車廂裡面漆滿著耶誕節的畫作與氣氛。吳虎想著今天是聖誕節，他只有一個兒子，是個獨子，受過美國高等教育，並已經結婚，衣食無虞有個幸福家庭，但是兒子結婚後幾乎沒有回家過耶誕節。

另一個車廂中，來自越南的殺手阮志豪甫至台北，看著捷運地圖，準備前往商務旅館，提著剛剛有人在車上交給他的任務手提箱，志豪心理想著，這是最後一次出任務了，畢竟他也不年輕；在台北的交通途中，志豪體會這是一個先進的城市，假設允許的情況下，志豪會讓自己的兩個小孩都來台灣念大學；甚至條件允許的話，志豪也想移民來台灣的鄉下，隱姓埋名、拋棄過去，拾起鋤頭過著簡單的生活，唯有身體力行，扎實務農的勞動才能讓他心靈獲得平靜。

阮志豪在飛機上看到越南外籍勞工爭吵發生刺殺事件，越南籍研究生被刺重傷事件，以及外籍新娘捲款而逃的社會新聞，但都對於他而言，都不減他對於台灣的好感跟嚮往，心想或許某一天越南的資本主義成熟後，也會這成這麼繁榮也不一定，只是社會進步繁榮所帶來的後遺症，也是相對的。

阮志豪在台北搭車時看到許多「法國台北」、「紐約紐約」之類的地理城市招牌，猜想可能背後代表的意義是高度文明的城市，心想不曉得會不會看見招牌名稱叫做「河內」或是「雅加達」之類。

阮志豪這次作出決定，決定這是最後一次出任務了，等他返國之後，就會把兒子跟女兒送到國外念書，遠離是非、遠離一切。

二〇〇九年十二月二十六日　「因為恐懼所以崇拜偶像」

阮志豪前晚看完任務的細節，晚上在師大夜市吃完他相當不滿意的越南牛肉河粉，慣例總是這樣子，每個國家的河粉永遠比不上家鄉的口味，當越南籍老闆娘用家鄉話，寒喧志豪來台灣的目的時，阿豪則回答他來拜訪老朋友。

不過阮志豪的確有認識的朋友住在台灣，在阮志豪童年時，家鄉發生越戰，他在田裡發現了一位落難的美軍飛行員，可是他身上沒有任何國籍的臂章，長相卻是黑頭髮，一開始他以為是越南籍飛行員，語言卻無法溝通，不懂事的小朋友們把他們帶回村子裡，但是村子裡後來發生的事讓每個人都後悔了，寧可一開始不去理會那位飛行員的死活。本來村子的長輩反對帶回這位落難飛行員，但也正因為他是東方人，所以換上一般莊稼漢的服裝，差別性也就沒有這麼清楚；但是可惜的是，村子裡剛好有北越共軍赤侯迅速跟越共告密，幾天後，引發了共軍跟美軍為了奪回飛行員，發生嚴重的武裝衝突，而且兩方居然都同時攻擊村莊，許多村民被誤會為敵人遭越共及美軍攻擊的慘劇。

在那幾天的襲擊中，阿豪的許多親戚罹難，美軍救回飛行員之後，共黨幹部把這個村子的人抓去充當軍伕，戰後甚至父母去坐牢，在當時只要進監獄就不會回來了；志豪長大後，有位不知名人士幫他繳了公立學校的學費，而在學校求學期間中，總會收到其他同學沒有的紅十字會轉交的包裹，裡面有餅乾糖果、文具還有英文故事書，阮志豪念完中學後，知道無法回到那個充滿人間溫暖的農村，紅十字會安排他到許多國家參訪，以及擔任志工幹部，等到二十二歲時，收到了徵兵令之後，阮志豪為了逃兵，誤打誤撞加入當地的黑社會組織，隨後並且改了名字躲到鄉下，開啟了他的黑社會生涯，起初，志豪只是酒店的圍事，後來變成專門幫老闆處理人的專業特助。

這個幫派組織對他嚴格訓練，開始接受高價委託，包含泰國、相港、甚至連政府的生意都接。

台北市由於本日陰天持續下雨到晚上，就像越南的雨，不管什麼季節都不會放過你似

的，早上下雨、下午下雨、晚上下雨。但是阮志豪知道，那個中南半島鄉下農村熟悉的草的味道、樹的味道就跟風一樣不會回來了，現在是二〇〇九年年底，必須盡可能的快速適應，二〇一〇——這個新世代只剩下幾天就會到來。

在高級住宅大樓內的屋子中，躺著上個月出爐的法院判決書，上面寫著吳隆家因為著作抄襲，導致被求償上千萬，只好與妻子江齊瑾假離婚脫產，長期以來吳隆家與太太跟父親借錢賠償民事款項，但是吳隆家父親吳虎卻總是對他說：「這次我無法繼續幫你了，自業自得。」

吳隆家從小有一個非常好的環境，父親被視為英雄，從大學到博士都是國內外一流名校畢業，畢業後到學校任教，擔任副教授，卻因為在面臨學術界升等教授時，大量抄襲國外論文被其他老師檢舉到國科會倫理委員會，甚至連國家科學委員會計畫經費核銷都出現問題帳目，一連串的事情接踵而來，從小到大每次闖禍都能有父親出手相救，但是這次他可能無法逃過一劫，因為父親也厭倦持續幫他。

經由與太太的討論，吳隆家夫婦兩人藉由假結婚來實行財產分割，然後派人製造吳虎的意外死亡事件，連帶領取大量的遺產跟保險金，於是他找來越南幫派殺手，而做出這個決定，吳隆家特別想起父親對他的評論，他指責兒子在結婚之後常缺乏孝心與責任感，吳隆家百思不得其解的是，父親身為公眾人士，對外的這項批評帶給他的恥辱跟痛苦；而從外人的角度看吳虎，或許吳虎認為善是一種絕望的表現，吳隆家以往常常用言語頂撞父親的權威，希望父親能回到像以往以樣－遇到麻煩求助父親就沒事了。但是事與願違，這幾年吳隆家的表現已經不足以讓父親信任。

晚上八點，阮志豪準備執行任務，別人轉交的公事包裡面有一把手槍，還有刀子，目標的照片資料。這此時他驚鴻一瞥，突然被報紙上的一張舊照片所吸引，阮志豪在報紙上看到華航飛行員回顧特展，看到吳虎照片跟文字故事，整個人都突然頭暈了起來，馬上找附近的椅子坐了下來，手發抖的握在這張報紙上，那張照片背景是一九七〇年……阮志豪家鄉的村莊，中華民國籍飛行員吳虎身穿越南的偽裝農夫裝，旁邊幾位左手拿著M16步槍朝天、右手握出大拇指的美軍陸戰隊員，前面蹲著一位農村小朋友。

阮志豪四十年後這時才知道，原來小時後在田裡發現的那位飛行員，他的名字叫作吳虎。報紙上繼續寫著，美國在越南戰場投入大量的新式武器及裝備，戰損後需要修復，但從美國到越南的後勤補給線距離太遙遠，不符經濟需求，因此希望在亞洲國家尋求幫助。一九六五年中華民國與美軍先簽訂計畫，由臺灣派員赴越向美軍學習武器裝備修復技術，並採購戰損武器回臺，修復後供台灣軍隊使用。由於台灣修復技術愈來愈專精，受到美

軍青睞，派人來臺簽訂計劃，由美軍將戰損武器如吉普車、戰車、裝甲車、飛機零件等運來臺灣，交由中華民國後勤部隊修復，再由美軍包船運回越南戰場。南星小組派往越南的C-46運輸機是由中華民國空軍倉庫封存機身，加上另外購置的發動機拼裝而成。華夏航空人員是駕著兩架「拼裝機」到越南去運補，這就是謂的「南星一號」計畫。到一九七三年一月「巴黎和平協定」簽定，美軍才退出越南，到一九七五年四月底越南全部淪陷。這段期間內，中華民國空軍三十四中隊與華夏航空公司均有參與越南運補空投作業。（註一）

吳虎即是當年為執行秘密運輸任務的中華民國籍飛行員，運補任務被北越砲火擊中後，運輸機迫降失去兩顆引擎後迫降墜毀，而那架飛機唯一生還的飛行員，被一個十歲的小男孩阮志豪，帶回村莊避難，倖免於越共地面部隊的追擊。

阮志豪看的那張照片的小孩，是他四十年前的自己。

二〇〇九年十二月三十一日　「外力無法粉碎自行粉碎之物」

平淡安靜的凌晨，台北街頭仍有些喧囂聲，過了老闆給予的約定期限的第四天，吳虎在豪華旅館房間中被電話聲吵醒。越洋電話傳來似乎有點雜訊，但是是阮志豪熟悉的那個越南口音：「我不想知道你這幾天發生什麼事，不過你猜怎麼瞧，我會找人一起去解決你跟目標，懂嗎？我想你應該知道吧，這是我們公司的慣例。」

「老闆，很抱歉這所有的一切。我希望再給我一點時間。」

「時間？你知道時間拖越久，整個組織在賠錢嗎?!你十年前那個失敗的任務你還記得嗎？我還找人幫你收拾後續，你有想過你為什麼會活到現在嗎？你的命是我給的！我的天阿！看在這個份上，你還是我們組織身手最好的人，你現在不完成目標，壞了規矩，你到底要我怎麼跟其他人交代？公司聲譽如何挽回？」

「這次我可能有發生一些誤會，而擔誤時間，我現在就去完成任務，請你再給我一些機會。」志豪繼續談道：「黎老闆，我阿豪很感謝這三十年來你給我的照顧。」

「你最好他媽的趕快完成！早上八點以前做完你該做的事，否則你知道會有怎麼樣的下場的。」黎老闆說完即刻掛上電話。

早上六點，阮志豪整裝完畢走出旅館，當天的氣溫非常的低，剛好有冷氣團來襲，在越南無法感受到的低溫，這麼冷颼的寒風早晨出門的人們，大部份要去上班或是上學，只有阮志豪有與一般人不同的目的與企圖，而阮志豪是個殺手，這就是他的宿命。

根據雇主的消息來源得知，吳虎會在早上六點到七點這段時間內，穿著淺藍色運動外

套與長褲、白色慢跑鞋、紐約洋基隊的棒球帽於居家附近公園散步。

阮志豪在公園等待多時，早晨非常多人穿著類似的運動服運動，在公園裡，也有很多上了年紀的人在跳土風舞、還有有氧舞蹈的群眾、最後還有國標舞的舞蹈正在練習，手提式CD音響放在圓形水泥地正中間，耳朵傳來探戈的舞曲，鼻子吸入寒冷但是清新的空氣；公園裡貼了許多藝文活動的海報，明天的台北一〇一跨年晚會、文化中心的舞蹈表演等，但是要搜尋一位獨自運動的藍色老先生似乎對阮志豪來講不是難事，加上他有雇主提供的照片，更加速他過濾的條件。

阮志豪發現吳虎老先生後，阮志豪邊走上前去時，似乎腦中產生幻覺，阮志豪能有現在得以活命，也是受許多人餽贈，當年越共襲擊整個村莊時，因為在他們家中，有協助美軍運補的飛行員吳虎，所以被美軍陸戰隊保護，與越共對峙，倖免於災難；但是以現在，阮志豪目前的職業卻是安排別人與上帝見面，撇開道德面，專心完成組織交代的事項；不過這次，他似乎喪失了信心、意志動搖不定，年紀愈大反而愈優柔寡斷；在十年前，越南的和尚告誡過他，報應是這幾年就會來到的，果真漸漸應驗，因為他連踩在地面的腳步，都無法感受到真實，終究，他還是鼓起勇氣，克制頭暈，上前向老先生搭訕，的確是照片上的他－吳虎，想不到歲月帶給人們這麼大的改變。

阮志豪自從加入黑社會組織後，篤信這一個目標，然後完成那個目標，享受專業帶來的成果，他精神上無窮的範圍追求的是效率、目的、財富，包括學習危險駕駛、各式武器、還有中文跟泰文，他是一個完美無懈可擊的現代殺手。

終於到了命運時刻，他踏入從沒想到也不會再發生的，走入前所未有的灰色地帶，鼓起勇氣揮了手。

「您好？請問您是吳虎先生嗎？」

二〇〇九年十二月三十一日中午　「只有當精神不再是支柱時才算是自由」

吳虎與阮志豪一起坐在西餐廳用午餐，兩個人非常熱烈的交談，這幾年來他們彼此發生的事，阮志豪的中文聽力不足，讓對話顯得緩慢，但卻是誠懇又溫暖，不過每當談起吳虎的家庭或是阮志豪的生活，接下來的話題就會暫時中斷，而兩人像是許久不見的老友般，愉快的大聲聊所有的事情，吳虎想到剛墜機到田裡，越共散兵馬上追來，他被一位陌生小男孩

引導到村子裡的場景，歷歷在目；阮志豪想起每當在學校都會收到紅十字會轉寄台灣來的包裹，裡面有許多一般人無法有擁有的東西，童年的他感到那是最純真的原始歡愉。

吳虎拿起杯子喝口水，語重心長的轉轉手上的佛珠：「老實說，活到這年紀，我兒子是我生命中最放心不下的人，我只有一個兒子，在大學當教授，從小他就是很優秀的學生，我努力的給予他最好的環境，送他到國外念書，我們幾乎一年才見面一次。」吳虎繼續談道：「也正是因為我總是給他最好的環境，他也愈來愈放縱墮落、對他人輕蔑與不滿，雖然他的個性上也有良善的部份，但是最近造成的一些事情，讓整個家庭名譽掃地；正因如此，我還是會想辦法幫忙他，雖然很多人反對我的判斷，但是我決定我還是要盡力去解決，我不曉得這是不是必要性的畏懼還是負責任的畏懼。原因無他，只因為我是他父親。」

看見阮志豪無法理解的沉默之後，吳虎嚴肅的臉轉變成笑容的臉說：「哈哈，我想你應該聽不懂我在說什麼事，不好意思，人老了，總是會囉唆家務事，真抱歉都是讓你聽我抱怨。」

阮志豪拿出皮夾裡的兩張照片指著說：「我最近這幾年從事的行業，主要是幫一些人處理麻煩事，委託報酬很高，最近幾年的薪資更高，把錢存下來給我兒子跟女兒唸書，住宿生活花用完全不成問題，他們準備念大學了，你知道嗎，我兒子跟我說跨年要跟同學出國去新加坡玩，而我女兒今天晚上要去胡志明市國家劇院看阿根廷探戈，他是舞蹈系的學生，非常喜歡看探戈。」阮志豪思考下一句話：「在我們家鄉，越南是母系社會，所以越南母親都要出去工作，就連小孩都比較聽媽媽的交代話；有時候我們稱越南是我們的motherland，可是以前的政府卻是獨裁性質的fatherland，政府總是希望宣布什麼，我們下面的人就該做按照政府的意志做什麼，這是一個有趣的文化，我們是承包商，總會接到官方委託給我的案件，而我們政府做事的精神卻偏向fatherland。」

「天底下的每位父親都希望可以衝破那層fatherland的禁錮吧？我相信沒有人喜歡被威權強迫著生活。」吳虎突然冒出這句話。「你說她喜歡探戈阿?!那很好阿，人生就像探戈，探戈就像人生，跳錯一步，跳下去就對了；有時候要踏著別人的腳步，有時候也不得不跟著節奏跳，舞要跳、馬屁也要拍，人生也這樣不是嗎?!哈哈哈！」吳虎對於今天的相聚格外興奮，一洗這幾天家庭醜聞的憂鬱。

阮志豪反而臉色愉悅後馬上沉重：「我最近來台灣是因為受雇一個案件，我希望你能了解我拿錢辦事的為難與無奈，苦於現實無奈我不能跟你透露太多，但是跟你有關，但我內心衷心的希望您健康愉快，也希望你對於一些將來要發生的事情有警覺性跟心理準備，

這是我萬不得已的給你的忠告，我也希望您現在不要問我，因為我的語言表達的不好可能會破壞這個對話，只能說一切就是這樣了。」

阮志豪知道自己道德上的損失永遠無法彌補，從小就一直尊敬這位飛行員，即使想起父母的那股思念、混合憤怒、憎惡情緒時，也會想起每個月準時寄來的包裹，可能是他當時生活的依靠，精神的泉源；他在矛盾之下就這樣選擇了職業的自由，但是往往職業讓你失去自由的能力。

午餐完畢之後阮志豪婉拒吳虎的午後活動邀約，反而把任務手提箱交給吳虎手上，阮志豪在說服吳虎時花了許多時間，懇請拜託吳虎一定要到附近警察局之後再打開手提箱，手提箱裡面有把手槍、刀子跟吳虎的資料跟照片。

離開前吳虎站起來側身轉頭，行動稍微有點不便，給阮志豪擁抱：「安慰自己的，只有那句探戈名言，跳錯一步，繼續跳下去就是了。探戈就是這樣，因為這樣所以簡單，因為簡單所以精彩。我的人生沾了污點擦不掉，就帶着污點繼續跳下去就行了。」

二〇〇九年最後一天的下午五點，台北各地捷運站，湧現非常龐大、準備出門參加跨年晚會的人潮，走出人群中的阮志豪，解下領帶，回旅館拿起電話撥了幾通電話，不管是怎麼撥，都是進入語音信箱，阮志豪留下一些簡單的問候留言。

女兒在一個小時後就回電，電話持續的響鈴，進入到語音信箱，但是阮志豪躺在床上沒有接手機，女兒在語音信箱留言：「爹地，我有接到你的語音信箱，你還好嗎？……台灣天氣還好嗎？生意有沒有談成呢？我現在胡志明市國家歌舞劇院，我之前跟你講過，好不容易搶購到門票喔，今天表演的主題世界知名的阿根廷樂團來表演，等下開始就要關手機了唷，主題是世代最後探戈，今天就是這個世代的最後一天喔，明天開始就是嶄新的二〇一〇世代耶，你開心嗎？晚點電話會很難撥喔，先祝爸爸新年快樂喔，幾號回家呢？我很想你喔。」

二〇一〇年虎年元旦　「某種意義上 善是絕望的表現」

二〇一〇年一月一日，台北地方法院開出搜索票，大約五十位警察跟憲兵還有國安情治單位同時進入越戰老兵吳虎的家中，以及吳隆家的住宅，扣押所有有關財務資料、與國外通聯記錄跟筆記型電腦，兩戶住宅的門口，都有大量媒體攝影機在此守候，許多電視台的記者現場連線報導。

阮志豪的兒子在今天才聽到留言，百思不得其解，為何父親留下帳戶密碼給他？並且

不懂為什麼父親要求他轉學？當下也撥不通父親的手機，心裡充滿疑問與恐懼。

二〇一〇這個世代的第一天，當天台灣報紙頭條盡是大篇幅、歡欣鼓舞般報導各地跨年晚會活動、煙火照片，副標題是大學教授吳隆家浮報資金與違反著作權案件，用粗體字報導。

只有某報社的地方新聞版小角落有個不起眼標題，內容短短幾行。

「跨年夜越南籍中年男子旅館內遭兇殘手法割喉。」

參考資料註一：越戰憶往口述歷史　曾瓊葉編／國防部史政編譯室ISBN 9789860137522

◎評審評語

馬　森：有懸疑、有伏筆、手法純熟的警探故事。兒子買兇謀殺父親，但兇手發現對象是幼年曾資助過自己的恩人，故寧死也不肯執行。這樣的結局雖不意外，倒也算合理。

凌　煙：看得出來作者非常用心去經營這個曲折離奇的故事，但在有限的篇幅裡，為了交代複雜的劇情，便少了人性的塑造與刻劃，非常可惜。

郭澤寬：將歷史做為作品素材，成為情節的一部份，為本作品最讓人稱道之處，不僅增加了可讀性，同時也加深了作品思想性深度。在結構上，前後組織呼應，頗能吸引讀者目光。唯作品有關於越南當地黑社會組織運作方式、阮志豪何種因緣成為這個組織一員等，交待不清，從而使得說服力降低。不過，整體而言，仍不失為一部具有巧思，又有歷史深度，可讀性高的作品。

◎得獎感言

人類社會結構團體總是有許多文化差異，常藉由大型武裝衝突來解決問題，社會的存在不斷的提醒著我們，人類有種族宗教之分，但每個人都應該得到同等關愛，最後向目前在國土及海外冒著生命危險執勤的軍人致敬，希望他們平安歸來。

二〇一〇高應大文學獎：小說組佳作

四文四甲／吳佩鈴

糖果屋

其實要在這個世界生存一點也不困難，只要找到存在的理由就好了。

*

有時候是害怕的，害怕睜開眼睛之後，那個人如果不在身邊的話，她該怎麼辦？所以她一直抗拒著睡覺，抗拒著任何會閉上眼睛的時候，抗拒著無法確認那個人究竟在不在自己身邊的時候，但是自己終究是個人，永遠不睡覺是絕對不可能的事，於是她決定每次醒來的時候，絕對不先睜開眼睛。

不知道從什麼時候開始，在醒來之前，她總能看見屬於意識與潛意識交替時的顏色，意外地並不是她想像中全然的漆黑，而在遠處的黑暗中會有一個小小的圓點逐漸地成長著，等她可以辨別圓點的顏色的同時，它突然急速朝她的所在衝了過來，如海嘯般的浪潮令人無法抵抗，她只能任憑自己被這片濃厚到幾乎窒息的深藍淹沒，不能否認滅頂的瞬間彷彿是被勒緊脖子般的難受，但過了一會，等她慢慢地習慣周圍之後，原本勒緊她的雙手也緩緩鬆開，最後她就像一隻魚徜徉在深海中，悠然自在的自己忘記痛苦、忘記悲傷，活在現實與夢境的交界處。

「阿光。」喊著那個人的名字，她伸手朝床的另一邊摸去。

「早安。」聽見熟悉的聲音後，桃子緩緩睜開眼睛，嘴邊漾起的微笑連帶地瞇彎了眼，為自己再次獲得幸福感而高興著，因為一聲早安就讓她高興地幾乎看不清眼前的事物，這樣的她一定會被人說是盲目吧？可是被愛包圍真的很幸福，如果能得到這樣的快樂，就算失去這雙眼睛又何妨呢？好想在這樣的愛裡頭作一個完全看不見的瞎子……好想……

鈴——抄起床頭的電話，帶著自己並沒有發現的慵懶嗓音：「喂……」

「喂，桃子，還在睡嗎？」聽見的是熟悉到不行的聲音。

「原來是小准。」瞄了牆上的電子鐘，她說：「現在都中午，我當然已經醒了。」

總是這樣，偶爾間說出一些無關緊要的小謊，其實真假對於自己根本什麼利害關係都沒有，只是某天心血來潮說過一次之後，對方不疑有他的信任（或許還因為對別人惡作劇的得逞）讓她頓時獲得小小的成就感，她根本無法控制這種短暫的快樂衝上腦門時的舒暢——原來說謊這麼容易，原來說謊可以讓自己這麼快樂，原來要快樂一點也不困難——只要說謊就好了。

她當然知道說謊不好，所以她只是用一些無關緊要的小謊去和內心的惡魔交換一點足以讓她微笑的快樂，但除了快樂之外，或許她還得到惡魔賜予的額外空間，一個不被預料、不被掌握、不被保護，屬於她一個人的世界——好可怕的惡魔——她在心裡這麼說著，卻還是忍不住和惡魔打起交道，並且樂此不疲。

「今天有要工作嗎？」

「沒有，昨天已經將稿子send給BABY，所以今天休假喔。」

「那我們等等一起吃飯，吃完之後再看看去哪裡逛，好不好？」

「咦？」一半是驚訝著平常忙於研究工作的人怎麼有空跟自己出去，另一半是驚訝自己身後的人在她耳邊小聲地說：「可以去喔，桃子也很久沒有出門了不是嗎？」

「怎麼了嗎？」

「沒有，只是在想小准怎麼不想多休息……」

「明天也可以休息啊，更何況我們都多久沒見了，妳都不想我這個好朋友嗎？」

「怎麼這樣說啊，小准……」

「啊！還是其實妳今天已經有其它計畫了？」

「沒關係的，桃子……」情人喊著她的名字，這樣的情況似乎出現在每次的交歡，她閉起眼睛企圖抗拒著從背脊而上的顫慄，卻無法控制熟悉的畫面出現在自己的腦海裡。

「那個……剛剛正在寫文章，就快完成了……所以……」真的不是故意說謊的，她並不想說謊，可是出門的話就沒辦法和阿光在一起了……雖然知道──即使是再怎麼小的謊言，說謊本身就是不好的啊──明明這麼告訴自己的，可是和惡魔交戰的理性卻被謊言的糖衣逐漸地、緩慢地包覆起來。

「原來是這樣，那妳還是把文章完成吧，反正見面的機會還很多，沒關係的。」

准一相信了！相信她的謊話。

「抱歉喔，小准，下次見面再請妳吃飯。」她笑著，卻不是因為電話那頭的人，而是因為阿光拿她沒辦法而說的那句──妳啊，怎麼說謊了呢。

嘴角就像是因為再一次嚐到甜頭而上揚著，但這次和平常不太一樣，她是為了阿光說

謊的，所以她一點也不覺得內疚；主動地朝惡魔走去，迎合似地獻上自己的謊言，即使換回的是甜口毒藥，她也會毫不猶豫地塞進嘴裡。為了愛情，所以沒關係，為了阿光，所以她願意，因此她才敢向心中的惡魔宣戰——如果要讓我墮落，也請給予我等同的美麗——她有自信自己不會那麼容易就被掌握，因為她知道這個世界上，沒有任何東西能比阿光來得美好。

「哈！是妳說的喔，我可是會好好記住的。好啦，那就先這樣，不吵妳了，Bye-bye。」

「嗯，Bye-bye。」

掛上電話後，身後就傳來一聲類似嘆息的氣音，她根本不用回頭就能想像阿光現在是用怎樣的表情看著自己。阿光是對她感到有點無奈吧？果然，即使再怎麼願意為愛情而做壞事，但說真的，還是不能讓自己這種要不得的行為被情人看見。

「為什麼呢？明明不喜歡說謊的桃子，為什麼會說起謊了呢？妳知道嗎？再這樣下去的話，會無法自拔的喔……」阿光的說讓她微怔了會，雖然不知道為什麼阿光會這麼說……但一定是擔心她吧？擔心她會習慣說謊，會不斷建築虛無的話語而無法回頭吧？

不用擔心喔！阿光……真的不用擔心，因為……

桃子起身下床，走向落地窗，拉開遮去陽光的窗簾，帶著微笑回過頭，說：「放心，我有阿光在啊！阿光一定會在我說出無法挽回的謊話之前阻止我的，對吧？」

看著眼前的笑容，阿光像是思考什麼似的緩緩低頭，確定額前的瀏海已經能擋去他臉上任何表情的時候，深深地皺起了眉。

「怎麼了？不舒服嗎？」坐回床邊，伸出手想往額頭摸去的時候，反被阿光捉住了。突來的行為讓桃子頓時陷入沉默，她感覺自己被捉住的手心不斷發熱，也許早就沁出一手的汗。這種懷著忐忑不安的緊張，開始一點一滴填滿自己的心，漸漸地壓榨自己的呼吸。不曉得過去多久時間，阿光終於抬起頭看著她，眼睛的黑色部份映著自己，也讓她發現自己根本無法正常吐露關心和疑問，因為嘴唇早就不自覺地開始微微顫抖，忽然，阿光偏頭一笑，用著撒嬌的說：「沒事，只是在想……我怎麼會拿妳這麼沒辦法呢？」

方才的緊張瞬間一掃而空，發覺自己原來是被整的同時也感到不甘，所以她故意湊到阿光的面前，用挑逗性的眼神和十足黏膩的聲音，說：「誰叫阿光是愛著我的。」然後，她滿意地走出房門，任憑一顆成熟的大紅蕃茄定格在床上。

——是的，就是因為我愛妳，所以我才在這個世界活了下來。

＊

往客廳的桌子放上兩盤熱騰騰的咖哩飯和兩杯水，她一邊扯下圍裙和棉手套，一邊往臥室的方向喊道：「阿光，可以吃了喔！」

「喔喔！終於完成了！」從臥室飛奔而來的阿光快速地衝向客廳的沙發，迫不及待的拿起湯匙舀了一匙塞進口中……「啊！燙燙燙！」抓起旁邊的水杯，猛地一灌。

「妳也小心點嘛！還好吧？」

「呼……沒事沒事，妳也吃吧，不過要小心點，不要燙到。」

「放心，我沒有你這麼笨。」

「喂喂喂，妳說什麼啊，我才……」

看阿光變得激動的模樣，突然間，她居然有一種很空虛的感覺，彷彿這些事情都不太真實。她們在一起已經十年，她雖然很喜歡最初的鮮花、情話和浪漫晚餐與夜遊，可她最憧憬的，其實是脫離熱戀期、磨合期的生活，是一種即使不再激情卻也享受著平淡生活的幸福。但不知道為什麼，今天的她卻開始質疑起這樣的幸福，可是這樣生活不是她最想要的嗎？為什麼？為什麼心裡會這麼不踏實呢？

用力地甩了甩頭，她知道自己又開始了，這種近乎週期性的不安。如果是單獨一人的話，這樣的不安或許還能稱得上寂寞，但是……現在不同，她有阿光，有阿光在的話，這種情緒是不應該存在的。對，不應該存在。在心中跟自己喊話後又深呼吸了幾回，正想掛回幸福的微笑時，卻發現阿光正看著自己。

「桃子，怎麼了嗎？」

「沒、沒有，只是覺得自己這次怎麼煮得這麼好吃。」

「是嗎？可是妳到現在都還沒有吃上一口呢。」低頭一看，湯匙正舀著自己以為已經吃下肚的第一口飯。

怎麼回事？她怎麼也對阿光說起謊了？她早就告訴自己不能對阿光說謊的，為什麼卻在這種小地方犯了錯誤？忽然，原本因為謊言而甜美的口腔開始溢出苦澀的唾液，慢慢地侵蝕舌頭上的每一簇味蕾，沾染上唾液的味蕾逐漸地壞死腐爛，她甚至覺得自己已經聞得到口腔中的腐臭。不要，她不要！可是現在的她沒有任何說謊的理由，她剛剛不小心對阿光說了一次謊，這樣的事是絕對不可以再有第二次的，那麼該怎麼辦呢？

「算了。」像是被這句話扯回所有心神般，桃子猛地看向阿光，只見阿光露出淡淡的笑容，接著說：「如果一下子不知道怎麼說，那就想好之後再跟我說吧，別勉強自己。」

然後伸出手安撫似的搓揉著桃子的頭髮，隨著阿光的動作，桃子覺得自己已經聞不到從嘴裡傳出的臭味，而口中的苦澀也開始逐漸消退。

「桃子，幫我開個電視吧，我想看新聞。」

看阿光一口接一口的吃著飯，似乎是真的不在乎她方才的不小心，桃子不由得在心裡小小地鬆了口氣，整整精神，她也回復到以往的口氣，說：「真是的，你不會自己開喔。」說完這句話後，桃子頓時覺得心裡踏實了起來，心想：剛剛果然還是自己想太多了吧！將那口遲遲未吃的飯放入口中，另一手順便拿起桌上的搖控器往電視一按。

有些熟悉的清亮女聲開始充斥整個客廳，桃子正想猜是哪個節目主持人的時候，一句「為您插播一則新聞」就公布了答案。原來是新聞，難怪這麼耳熟。在心裡吐嘈了自己一回，然後便好奇地看向電視，她沒有發現坐在旁邊的人，拿著湯匙的那隻手正僵硬地停在半空。

今日上午十點三十三分從桃園開往日本的〇〇航空K—5124班機，不幸在北海岸外墜機，目前還不知道失事的詳細原因，請密切鎖定本台……昨日失事的〇〇航空K—5124班機，目前已確定死亡的名單如……

「桃子！」阿光突來的一聲大喊，讓她驚訝的轉頭，但下個瞬間自己的眼睛便被阿光一手遮住，而身體也被整個攬入懷中，「阿光，妳、妳嚇到我了。」

「桃子……不要聽……除了我之外的聲音，妳都不要聽……」

「妳在說什麼……」忽然，在她與阿光對話間短暫空檔中，她聽見了那個新聞主播說了一個她很熟悉的名字……楊……傑……光……光！

「桃子，不可以想起來，求求妳不要想起來！」

她知道阿光正抱著她，在她耳邊大聲的說話，可是為什麼她一點感覺都沒有，她完全沒有被碰觸到的感覺，而阿光的聲音也變得好遠好小聲，反而是電視上的新聞報導越見清晰。

對……她想起來了，兩年前的事，兩年前阿光坐的那架飛機掉到海裡了……而她一直坐在電視前面守著，希望新聞可以告訴她阿光沒事，但是一個禮拜過去，出現了某位藝人的醜聞之後，逐漸地新聞媒體都轉向報導那位藝人的新聞，即使打電話去詢問，也沒有得到一個完整的答覆，到最後她甚至連阿光的屍體都找不到。

阿光就像是消失這個世界上一樣，似乎不曾存在的一個人。不！他是存在的啊！他一直都在我的心中，就算真實的形體不見了，她也有自信可以想像的出來，因為她是那麼熟

悉阿光的全部，總是帶笑的眼睛、直挺的鼻子，說著情話的唇形，耳朵上的痣……全部全部她都知道！終於……無法忍受阿光消失的她，說出最不能說的謊言。

「阿光沒有死，他一直都在我的身邊。」她對自己說了謊，可以騙別人但絕對不能騙自己，她一直都知道的，但她還是說了，因為她想要阿光回來，於是她拿自己的心跟惡魔作了交換一座只有她和阿光生活裡頭的糖果屋——她早就墮落了。

「我愛妳。」突然，她聽見了阿光的聲音，她說……我愛妳。彷彿聽見救贖罪犯般的赦令，原本所有的枷鎖都在一瞬間被卸下，忽然好想哭，不過就是三個簡單的字，不過就是「主詞＋動詞＋受詞」所拼湊出來的簡單句子。

我愛妳。

我愛妳。我愛妳。

我愛妳。我愛妳。我愛妳。

每當她聽見這句話的時候，原本平緩規律的心跳就會開始鼓躁起來，彷彿藉收縮而傳送到全身的血液彷彿叫囂著自己的存在——阿光，請條再多說一點，再多說一點……不斷地……不斷地說愛我，用那句不過三個字的話，讓我活在只有你的「我愛妳」的世界，只要有你這句話，我願意和全世界抗爭！

突然一陣濃厚的睡意襲上，她撐著最後一絲的力氣，對著阿光說：「對不起，我突然覺得好累，讓我睡一下好嗎？」

「嗯，妳睡，我會一直陪著妳的。」我會一直等妳，等妳修復好我們的糖果屋後再度醒來，因為只有在妳的糖果屋中，我才能跟妳一起活下去。

她知道她不是生病。

她只是沒有阿光就活不下去——沒有那個人的愛，就無法活下去罷了——所以……再交換一次吧，她對惡魔這麼說著——給我同等的美麗，那麼我也會順從妳的意念而墮落的——只要讓她活在有阿光的糖果屋中，那麼她也會永遠、永遠地奉獻惡質的謊言。

這樣，你也高興了，對吧？惡魔。

＊

透過牆上的螢幕，我將一切都看入眼裡，拿起筆將眼前的情況記錄下來。

「小准，看來還是不行呢……」

「嗯，第二百四十三次的測試，仍然無法突破病患的『糖果屋』。」

「糖果屋」是一種精神疾病的戲稱，患者會建立自我世界的同時，會開始分泌一種這種類似嗎啡的激素，影響腦波會產生極為幸福的愉悅，因此一旦活在其中通常都會無法自拔，而患有這種病症的人都是無法接受事實，最後逃離現實，選擇用完美的謊言所架構出來的虛構世界來欺騙自己，但是這類的患者不多，因為能夠完美地欺騙自己的人非常地少，而螢幕中那名躺在地上正在昏睡的人，便是典型的「糖果屋」患者，是我目前正在進行的研究對象。

「採用直接摧毀的方式，看來反而讓病患縮回自己的世界了。嘖！上次雖然失敗，但也好不容易讓她開始對現實世界有反應，沒想到現在一切又要重來。」

是的，我們在糖果屋患者的腦中都植入了記錄晶片，用以記錄患者的意識與潛意識的腦波活動，並且記錄下我們對「糖果屋」患者所做的一連串測試。上次測試後所得到的數據是這兩年來最好的一次，所以這次才會冒險的使用直接突破的方法，但沒想到卻小看了患者的精神支柱，就以往的測試結果發現如果無法摧毀處在「糖果屋」中心的支柱，那麼即使患者接收到現實的訊息而開始受到影響，患者還是寧願選擇在搖搖欲墜的世界中活著。

「無妨，即使經過一次次的測試失敗，我們能得到的資料也就越多，最後的發表也就越有說服力。」

「說的也是。」

「今天就放鬆一下吧，看腦波的資料，她今天以內是不會醒了。」

「嗯，ＯＫ。」

*

「早安，阿光。」

「早安。」

「你愛我嗎？」

「我愛妳。」

桃子微笑地睜開雙眼，然後撒嬌般地往阿光懷裡鑽去，對她而言，那裡一直都是溫暖的令人著迷的所在，不想放開，即使是死也不願意鬆手。

看著螢幕上的人用最幸福的微笑鑽進用棉被的被窩裡頭。

我提起筆，在新的記錄單上寫下——「糖果屋」患者編號○五一，第二四四次測試。

=END=

◎評審評語

馬　森：人在痛失所愛時，因不願面對現實，而為自己建構一間糖果屋，是非常合理的構想。但是作者應該更有層次地揭開最後的答案。

凌　煙：深愛的男友意外喪命，從此女主角便一直活在用幻想建構出來的糖果屋中，她既害怕入睡會失去男友的身影，也害怕醒來發現男友不在身邊，直到「聽見」熟悉的聲音後，為自己「再次」獲得幸福感受而高興，這樣一個存在於虛擬「實境」中的愛情故事相當感人，我認為關於精神測試的部份反而是敗筆。

郭澤寬：主人公無法接受心愛的人逝去的事實，將自己鎖在自己的回憶與想像的世界中，是一個非常具有張力的題材，唯如果能讓這個事實，透過事件的進行自然的呈露，將帶給讀者更多的感受與閱讀趣味。作者利用不同敘事者的聲音來呈現這個故事，也可見對敘述技巧掌握的能力，值得嘉許。

◎得獎感言

感謝評審將這篇文章選為佳作，對我來說這次的小說算是一次新題材的嘗試，所以可以得到評審的鼓勵，使我非常高興。而已經大四下的我，也算是在最後給了自己一份畢業禮物。

二〇一〇高應大文學獎：小說組佳作

四文二甲／薛德綱

分裂

不知道大家有沒有發生過跟我相同的經驗？

他，出現在我家已經快要一個月了。

我不知道他如何稱呼、來自哪裡，甚至他是如何進到我家？即使有點莫名，我們卻沒有多餘的寒暄，或是互動。這情況有點像是徵婚社擅自安排的聚餐，讓完全不相識的兩人只能尷尬地偷瞄對方。

但，這也成為我女朋友小儀離家的動機，雖然我們交往到現在三天一小吵、五天一大吵。可是這次她是氣到現在連一封簡訊也沒傳，過去只要我半天不見，他的安全感機制就會啟動奪命連環叩，直到我乖乖地回撥給她。

嗯，真不好意思，有點離題了。

「喂，我是不會排斥你突然出現在我的家裡，但至少也讓我知道你的名字，這樣也好解釋給小儀聽呀。」我決定先發制人，讓他了解這只有三十坪的賓客關係。但他仍然不發一語的站在我面前，看我胡亂地在脖子上綁著與襯衫顏色毫不搭配的領帶，「好吧，等你想說再跟我說吧。」

「我要去上班了，可能到晚上才會回來，晚飯不用等我。」現在倒有點像結婚多年的夫妻了，但還沒到鶼鰈情深的地步。

我把門關上，準備上鎖，這時住在對面的鄰居也剛好出來了。

「早呀，小兄弟，準備出征啊？」他一個退休軍人，上了年紀，也有點駝了。我都叫他將軍，他也喜歡這個稱呼，即使他退休時只是個士官長。但這裡的人似乎對他不是很親切，孤單的他就時常把我叫住，訴說當年他在部隊的艱苦生活，一說就是一個上午。

「是的，將軍！」我把右手誇張地畫了一圈，並且行舉手禮。

「哈哈！好！你這態度在軍隊裡的話，一定馬上晉升！」他也很用力地舉手對我回禮，我想這也是為什麼大家都不想跟他相處的原因了。

「將軍，這幾天你有沒有發現我家有些異常？例如說有陌生人進出我家之類的」，雖然口頭上說不介意，但還是要隄防，因為我可不想回家時只剩下家徒四壁能形容的景像。

「小夥子，你放心，只要有我在，不會有水鬼能摸走你的頭！」他還是不忘提高警覺地觀察四周。

「當然！有將軍在我才不會怕水鬼！」這時我才發現有個「意識清楚」的鄰居也是很重要居住環境考量。

從早到現在為了一個陌生人勞心傷神，現在也該先決定今天的早餐了。當時我會選擇這棟公寓，是因為在這兒的住家大多是平凡無奇的小型家庭，比起上一間租的套房，左鄰右舍全都是血氣方剛的大學生，每天晚上麻將的互相碰撞或是男女歡愉的聲音從來沒停過。但最主要的考量就是出門後走幾公尺就有便利商店，從我開始搬離父母親時，才發現便利商店真是帶給人類無限希望的神聖發明，比起愛迪生的燈泡，我想我會放棄光明，選擇前者。

雖然家裡多個人可以聊天，嗯，嚴格來說應該是單方面的交談，但是也不能一直讓他待在我這裡。說不定他的家人已經抓狂似的拿著照片在路上到處隨機抓人，嘴裡說的都是千篇一律，「請問你們有看過這個人嗎？」

「一共六十七元。先生，我們現在有促銷活動，你要不要再加買十塊錢的商品就能免費兌換一杯現泡咖啡喔！」工讀生指著身後的宣傳海報，桂綸鎂那專屬她的商標微笑，嘴角又有一抹咖啡與奶精的互補色澤，這真是讓人愉悅的畫面呀！

「不用，這樣就好了。」我從皮夾裡掏出百元鈔，雖然已經喝了二十多年的咖啡，但為了將來年老的時候，不會因鈣質流失而經常骨折，還是節制一下吧。

回到正題，這會不會是一樁現在最新的詐欺手法？先將這個人偷偷地安置在我這裡，然後就出現聲稱是他的家人，接下來指控我企圖勒贖綁架，最後再要求高額的封口費。

這就是現在社會裡所謂的仙人跳？不過都已經過了這麼多天了，他的「家人」都還沒現身呢？

難道，喔不！我真的綁架了他？這也不是不可能，許多懸疑電影情節裡的被害人其實都身兼幕後黑手，享受身歷其境的犯罪快感，例如奪魂鋸第一集裡的拼圖殺人王約翰在浴室裡一直扮演非常稱職的屍體，靜靜地欣賞人性的互相猜忌與死亡恐懼。

「小姐，多一杯咖啡。」戒咖啡的決心之後再挑個良辰吉時吧，我想我現在需要的是鎮定，並隨意拿了一份十塊錢的報紙放在櫃台。

到了辦公室，完成例行的打卡程序，我坐下啜飲那杯額外的贈品，並大致上掃描報紙裡的內容，「好險沒有綁架擄人的新聞」，我又仔細端詳了社會版那小到幾乎不會有人注意到的失蹤人口欄位。

「這裡也沒有呀？」我矛盾的感到無限地喜悅與失望，喜悅是他還能聆聽我無意義的對話好一陣子，但也替這位突然出現在我家的失蹤人口絕望不已。他的家人是否拋棄了他？或是根本就遺忘了家族裡還有這麼一個人的存在？

「暘哥，主任在辦公室，他要你現在過去」，對面的同事拿著話筒，並將我從思緒中拉回現實……

「小暘，我在這裡要先誇讚你一番，這段期間你的努力我們都看在眼裡」，一進辦公室，只見大紅色的公文夾遮住了主任的臉，只露出他那半顆界線分明的地中海，頭也不抬的繼續說：「我們也知道你為了公司盡心盡力、流血流汗地苦幹。所以，你真的是我們不可或缺的員工。」

「主任過獎了，我只是做好該作的本分而已！」假如現在有一面鏡子能看到自己，那我的嘴角一定是上揚狀態。

「但是你也知道，在這次的違約官司已經完全超出了我們所預期的傷害，希望你能與公司共體時艱」，他放下了公文本，但他的眼神始終沒有離開那密密麻麻的文字上，「所以公司想請你先休息一陣子，也請你靜待佳音」說完，他將轉身椅子轉了過去，示意離開他的辦公室是我唯一的選擇。

「好一個先禮後兵呀！」我隨意地將桌上的東西塞進紙箱，心想：「至少今天可以跟那位仁兄一起吃頓飯」，最後我在桌上留了張紙條，上面寫著是偉大詩人徐志摩千古流傳的詩詞「悄悄的我走了，正如我悄悄的來；我揮一揮衣袖，不帶走一片雲彩。」

雖然跟我目前的情況八竿子也打不著，也沒有什麼特殊的含意，純粹發洩，至少讓我感覺最後並不是以狼狽的背影離開。

我搬著紙箱，獨自地走在街頭，看著商店展示窗的倒影，我依然是我，而身旁的路人無止盡地穿梭來回，有如洶湧浪濤般的漲潮，並以迅雷不及掩耳的速度將我淹沒。而人、事、物、甚至整個時空在此時似乎也無法負荷過度的流量，所有一切開始緩慢、停止、倒轉，直到一股涼風灌入腦門。

「先生？你要不要站進來一點？裡面也很涼快，不然你站在電動門的中間很危險的。」原來，我不自覺地走進了幾小時前才光顧的便利商店。

「噢，我想我剛只是突然短路罷了，哈。」原本想以輕鬆的口氣化解尷尬，但我錯了。說完，裡面許多顧客的眼光逐漸投在我的身上，感覺的出來他們有一致的想法：「這個人一定不是個正常人！」我想這也代表美式笑話在東方社會裡的接受度還有待觀望吧。

「小姐，你會好奇我買的是罐裝咖啡，而不是早上那促銷活動的咖啡嗎？」我拿了兩瓶罐裝咖啡，走到櫃檯前。

「嗯？一共是五十二元，先生，我們現在有促銷活動，你要不要再加買二十五塊錢的商品就能免費兌換一杯咖啡，這樣三杯咖啡也很划算喔！」她抬頭看我一眼，然後微笑著重複幾小時前才聽過的推銷台詞，我似乎從來沒在他記憶裡出現過一樣。

「那就再加這個吧」我抓了一包口香糖，看著海報上的桂綸鎂的笑容依然這麼甜美，但我卻是怎麼也笑不出來。

雖然身為無神論的忠誠信仰者，但我開始懷疑起上帝是否真的存在，而祂是否不小心地將我從「子民資料夾」裡刪除了？也是，前幾天主任要我調出上一季前二十筆的交易記錄，我就遺漏了三筆，何況是六十億個檔案漏掉了幾百個也很難發覺吧。

最後我將咖啡放到紙箱上，大步地朝家裡方向走去，畢竟，家裡還有一個人在等著我，應該吧？

「我回來了！我還幫你帶了杯咖啡。」他從我的臥房走了出來，靜靜地凝視著桌上的咖啡。

「嗯？你剛有整理客廳？」客廳的擺設稍微有些改變。

「謝謝你呀，我把咖啡放這，你想喝就自己拿，我要先回房間休息了」我拿了一罐咖啡走回房間。

「連臥室都整理了呀」我心想，其實家裡有個清潔工也還不錯。

「唉呀，菜又被偷光了！」我打開電腦螢幕，快速地點擊左鍵將剩餘的虛擬作物收成，希望能將「災情」降到最低。

假如由我來比喻，我想社群網站就像是災難片裡那拖著腐爛身軀的殭屍，見人就咬，將名為「選擇性癱軟於電腦桌病毒」毫無節制地散播到各個角落，直到人類這個名詞完完全全地被宅男、腐女等新名詞所取代，而我也不例外的成為他們旗下的一份子，成為散播病毒的媒介之一。

「各位，我被炒了！」我在留言版上發出了無聲的抱怨。

「歡迎你加入失『業』陣線聯盟！」幾秒鐘後，網路線的彼端發現了我。

「借款嗎？免押證、免押車，立即放款！」

「最靚的美女視訊！讓你清涼一夏！」

「缺牌咖？在家無聊嗎？快來摸一圈吧！」不一會兒，各式各樣的網路廣告充斥了整個畫面，人們便又遺忘了唯一可以證明我依然存在的小角落。

此時，我從電腦螢幕中看到他默默地出現在我身旁，手上還拿著我買給他的咖啡。

「你知道嗎？我被炒魷魚了！」我故作瀟灑的喝了一口咖啡，嗯，只能說現泡的還是比較好。

「真是想不到我為公司這麼地努力奮鬥，結果落到被裁員的下場！你說，這世界上到底還有沒有天理！」我幾乎無法控制自己的情緒，大聲地咆哮。

無聲的聆聽是他扮演好聽眾角色的不二法門，而我想國議會或是立法院就特別欠缺他這種人吧，否則每天的政治新聞也不會像鄉土劇這麼樣的高潮迭起。

「叮咚、叮咚」門鈴打斷了我們的交談「我是小儀，你在不在家呀？」

「小儀！你有沒有聽到？她來了！她在門外！」我抓著他的肩膀，接著我快速地衝到門邊。

「你還好吧？怎麼房子裡有碰撞的聲音？」她問。

「我？還不錯呀，只是有點喘而已！」我壓著剛被絆倒而撞到的後腦「快進來，不要站在門外呀！」我拿出她的拖鞋，排好。

「暘暘，你……還愛我嗎？」她突然蹦出一句。

「你在說什麼傻話！我當然愛你呀！」我把她緊緊地抱著。

「那你會乖乖聽我的話嗎？」她抬頭看著我的眼睛，我們已經好久沒有這樣互相凝視了。

「當然！」

「好，現在你跟我走。」她拉著我的手，往門外走去。

「我們要去哪裡呢？」我莞爾。

「醫院。」她斬釘截鐵地說。

「我又沒有生病，為什麼要去醫院？」

「暘暘，你聽我說，我們懷疑你有精神分裂的症狀。」她說。

「精神分裂？我們？」我停下腳步「你說的我們是指誰？」

「我最近聯絡了一位被譽為精神科權威的陳醫師，他從你的生活模式發現你有人格分裂的症狀，我們前幾天吵架，就是你跟我說家裡有一個朋友，我以為你是故意嚇我的。」

「我沒有嚇你呀，他現在一直在我家裡，不然我帶你去找他！」我拉著她的手往我的臥室走去。

「喂，你去哪了呀，我女朋友說要見你！你在哪裡呀？」我四處尋找他的身影。

該死，他怎麼這時候搞失蹤？

「相信我他剛真的在這，你看這裡有兩罐咖啡，有一罐是他喝的，我們剛剛還在這邊一起喝著那該死的咖啡啊！」

「這是一面鏡子，暘暘，從頭到尾只有你自己喝著咖啡而已。」她從牆上的穿衣鏡看著我。

「那你怎麼能這麼肯定整個房間只有我一個人！」

「因為我們在你家裝了針孔攝影機……」

難怪，房子會有整理過後的感覺。

「你怎麼可以這樣！擅自在我家裝這鬼東西！」我大聲的怒吼，我實在無法相信小儀居然做這種事情。

「暘暘，相信我，我們會這樣做都是為了你好，我也很掙扎……」

「你騙人！我不相信你說的話！」

我已經受不了這裡所有的一切了，我頭也不回就又要往門外衝去。但是，門外卻出現了三個身穿白衣身材壯碩的男子將我圍住，我企圖掙脫他們的包圍，但是徒勞無功，他們輕而易舉的就將我壓在地上。

「你們在幹什麼？放開我！你們憑什麼抓我！」我死命的掙扎，直到其中一個白衣人拿起針筒，將微黃的液體注入我的體內。

不久，我的四肢開始不聽使喚，眼前的所有景象也漸漸地模糊了起來，一幕幕的畫面像是跑馬燈般快速劃過眼前。最後，在我闔上眼睛的最後一刻，我依稀看見了白衣人、小儀、還有……模糊的他。

◎評審評語

馬　森：心理問題永遠是小說作者最喜歡的題材，但是不容易寫好，不是老生常談，就是太過奇突，不夠合理。這篇的架構不錯，但用第一人稱寫自己的心理，如何使讀者認同敘述者真有分裂問題？可參考魯迅〈狂人日記〉的寫法。

凌　煙：以精神分裂的真象來製造懸疑，效果不錯，若能多加營造來自現實生活的壓力，與合理化解釋那個多出來的他（精神病患皆有相當程度的正常性），當真象揭露時會更有震撼力。

郭澤寬：以第一人稱的方式，來表現主人公本身「分裂」的精神狀態，在敘述上是頗有難度的，本作品以流暢的文字，也堪稱合理性的情節設計，反而使得「分裂」本身的說服力下降，或許在和將軍的對話、辦公室的行為、便利超商的購物等設法表現這種「分裂」，除了可增加故事本身的合理性，也可以將主人公這種特殊的精神狀態表現得更好。

◎得獎感言

這次，我可要擺脫奧斯卡式的得獎感言！

嗯，我非常喜歡創作小說，因為每當我要按下小說的最後一個句點，我便會起身吶喊：「熱血傳送！」，再做出一個酷到不行的勝利手勢按下Enter鍵，感受著專屬於自己的榮耀。沒錯！往後我會繼續生產和傳送那份熱血！

最後，還是來一段奧斯卡式的得獎感言好了，感謝評審老師對我作品的青睞與肯定，以及父母親對我寫作的全力支持！謝謝你們！

◈小說組評審簡介

馬　森：成功大學退休教授，現旅居加拿大。當代重要小說家、劇作家、文學評論家。國立臺灣師範大學文學士語文碩士，一九六一年赴法研究戲劇、電影，並入巴黎大學博士班研究文學，後獲英屬哥倫比亞大學博士學位。在法國創辦《歐洲雜誌》，先後執教於法國、墨西哥、加拿大、英國倫敦大學、香港等地大學，足跡遍世界四十餘國。返國後，先後執教於臺灣師範大學、成功大學、南華大學等校，一度兼任《聯合文學》總編輯，現已退休。著有小說名著《夜遊》以及《府城的故事》、寓言《北京的故事》、文論《東西看》、散文《墨西哥憶往》等數十種。

凌　煙：創作文類以小說、散文為主。小時候立志要當野臺歌仔戲演員，但遭父母反對，高中畢業後便因此離家出走，進入戲班一償夙願，半年後因野臺戲變質而離開，後以此段經歷寫了《失聲畫眉》長篇小說，並因此獲自立報系百萬小說獎。凌煙自認，她是以社會現象與問題為題材，用悲憫的胸懷及平實的筆調描繪人生百態。

郭澤寬：國立高雄師大國文系博士，現任職國立東華大學台灣語文學系助理教授，學術專長為音樂劇場、現代戲劇、文學批評、小說研究等，學術論著散見於相關學術期刊。

報・導・文・學・組

‖二〇一〇高應大文學獎：報導文學組第一名‖

四文三甲／李心慈

竹籬笆的由來

民國38年國共戰爭後，國民政府失勢，軍人及其眷屬隨國民政府播遷來台，大量的移民人口，需要有安頓的地方，就臨時搭建了房舍。那時候國民政府，總是喊著口號說要反攻大陸，國軍也相信很快就會反攻大陸，再加上物資缺乏，於是建材就用最簡單的竹子混泥土做成房屋，養雞養鴨種菜也是用竹子圍出一塊空地。但是日子久了，房子不堪風吹雨打又日曬，國軍就以紅磚改建，所以現在竹籬笆已不復見，但「竹籬笆」仍用來代稱「眷村」，著實能勾起眷民的回憶。而現在還能看到未改建的眷村房舍，多半是紅磚外牆，水泥牆與黑瓦的平房。我現在要說的，就是生活在眷村裡的人物故事。

回想那時的生活

眷舍老舊，人口逐漸外流，眷村的土地面積大，政府回收後可以做很多用途，於是第三次的改建開始，持續到現在已有許多村子被拆除，眷民住進國宅。然而，第一代眷民已老，第二代去外地工作，這裡的人情味漸漸淡了。看見眷村文化的快速消逝，加上一些人站出來呼籲，地方政府才重視起眷村次文化，設立文化館，保存文物書籍。

來到左營眷村文化館，當志工的眷村阿姨們，很熱心的為我做文物介紹，即使我沒有事先向館內預約導覽。那日我才真的看到編竹夾泥牆，雖然從小在眷村長大，可我卻從來沒有住過這樣克難的房子。但是有種親切的感動油然而生，想像爸媽小時後住在這種房子裡的情景。志工阿姨說：「這牆的隔音不好，隔壁家說話都聽的一清二楚，明天家裡的事就傳遍了整村。」我聽人家說眷村就像個大家庭會互相照顧鄰舍的小孩，也許就是因為這面牆的關係，想要讓婆婆媽媽們不八卦也難。

曾經住過自治新村的蕭爺爺說到，村裡幾乎有來自大陸各省的人，口音方言都不一樣，有時候說話聽不懂還會引起誤會。我聽他娓娓道來，好似一個村就是一個中國的縮小版。但是蕭爺爺也感慨的說，眷村改建後，村子裡的老人無法適應新環境，有許多人搬進

國宅後，就很快的走了。

現在左營的合群與建業新村，都還未改建，預計國宅蓋好後，所有的眷民都要搬離，所以眼前的眷村景象恐怕只有兩三年的時間可見了。這裡的家族生活，還有我辛勤的外婆她一生奮鬥的地方，也將帶進回憶裡。

戰地尋夫

我的外婆林貞女士，民國九年生，祖籍在廣西桂林，外婆說鄉下人沒錢，家家都種菜自給自足。外婆嫁給外公後，因為家境貧寒，外公就去讀軍校，當軍人有固定的薪水可以貼補家用。那時外公在第四部隊，軍人跟著部隊走，部隊遷移到廣西以外的地方，外婆就一人奔波去找他。那時民國三十二年，外婆二十三歲，正是抗日戰爭時期。

日本軍機轟炸貴州時，外婆躲在貴州山洞裡，據說裡面有十萬人，就算再餓也不敢探出頭來，都是趁著軍機暫離的時候出來挖地瓜樹根吃。外婆說到這裡，還邊笑邊做削地瓜皮的動作，她說：「地瓜和紅蘿蔔都沒熟，直接削片生吃，連食物都沒有，孕婦生的小孩養不起就扔了。」

外婆一路尋找外公的途中，因為沒有旅費，就在路邊放下一塊布，賣沿路收來的舊衣賺錢，外婆說：「那時身上一毛錢也沒有，有兩位軍人的太太，因為太餓啦！跑去飯店吃霸王餐，我跑去跟飯店的老闆說：『他們沒錢！』老闆說：『好吧！好吧！不算你們錢，當作請你們。』」

外婆說他們比平民還窮，窮得沒錢吃飯沒地方住，只能在別人的店舖或教會地板打地舖。外婆擺地攤時，有位男子想要搭訕她，外婆就說自己結婚了，是出來找丈夫的。正巧那男子知道外公，就幫外婆打聽消息，外婆才順利的找到外公。

加入海軍的機緣

外婆找到外公時，戰亂還沒結束，就跟部隊到處逃難。部隊裡的人時常會分散，甚至有人落單不見，部隊的排長就這樣失蹤了。許多時日後，外婆遇見排長二十幾歲的兒子，問他父親去哪了，他說：「不知道，沒看見他。」

外公在貴州的日子很苦，正巧認識一對空軍夫妻，他們要往四川去，外婆心想他們的環境比較好，何妨跟著去四川，又聽說那裡剛成立海軍，於是去報名入隊，剛入隊時

才十四人而已。之後一路跟著部隊走，去到南京，在那裡生下大舅舅。外婆精明能幹的個性，走到哪裡都有辦法掙錢，她收購政府配給軍人吃不完的米，轉手賣到米店，一袋米多賺三到四塊錢，一天就可以賺十元了。外婆用滿是歲月痕跡的雙手，左右手食指交叉比出十字，強調一天能賺十塊錢已是很大的數目了。

眼見中共勢力越來越大，國民政府有先見之明，已經將黃金搬到台灣。後來決定先將部隊遷來台灣以期能反攻大陸。當時只有軍人和眷屬可以搭軍艦逃難，外婆很幸運的能夠跟軍隊來台灣，因為有很多人想逃都不行。據說當時共軍在岸邊對軍艦開砲，十分危急，有些沒逃遠的船被擊中，還好當時中共沒有海軍，軍隊才能順利逃難。

來台灣的生活

軍艦在高雄入港，不同的軍種被分配在不同區域，我的爺爺是空軍，駐地在台中，左營是海軍營地，所以海軍眷屬多住在左營，包括我的外公外婆。外婆剛來台灣是住在鼓山內惟，但那裡人煙稀少，晚上出門都怕怕的，後來搬到左營區的老自治眷村，在那兒生活了幾十年。外公和外婆育有兩男三女，全家共七人，當年外公的薪水少，一個月一百元，一星期就花光了，根本不夠用。那時有大多眷屬婦女到軍區代工，幫忙做軍人的衣服，外婆說他掙的錢還比外公多呢！但是即使有兩份薪水，還是賒帳過日子，常常要跟人家借錢買菜。大阿姨說：「那時候的台幣值錢，四百元可以養活一家人，一毛可以買兩顆糖果。以前沒有成衣，都自己做，外婆每到過年前就開始幫全家作新衣服。」大阿姨稱自己的媽媽為外婆，是跟著第三代的我們叫慣了。我聽到外婆做的新衣服，突然好羨慕，穿媽媽做的新衣服感覺會很窩心，不過外婆喜歡的衣服樣式，我可能都會嫌太老氣吧！因為年代不一樣連眼光也不同了，外婆談到做衣服，便拿出她自己做的背心給我看，還說要送我一件。

到現在外婆還會做衣服，她口裡說無聊，其實是要送給教會的小孩子。看她剪下舊衣服，用六十年的老裁縫車拚布，眼裡充滿專注的眼神，就好像從前為

外婆做衣服的模樣。這台裁縫機已經六十年了，仍然是外婆的好幫手。

家人做新衣一樣。外婆心理或許在期待收到新衣服的人高興的表情吧！連表哥都說，外婆真有愛心，有好東西都會送給別人。

大阿姨是我媽媽的姊姊，她回想老自治的生活，那時有許多窮苦家庭將孩子送到軍校唸書，是因為唸軍校由國家出錢，包吃包住，每個月還有薪水當零用錢。當時老自治有一個軍區的出口，每逢放假有許多阿兵哥出來，店面生意都特別好。有家賣豆漿的老闆娘，女兒嫁人兒子有工作，不想做生意了，外婆就花了一筆錢頂店，自己擺麵攤，賣麵賺錢，媽媽和姐妹們下課會來麵攤幫忙。那時蕭爺爺也擺麵攤，爸爸說他吃過，只是不知道吃得是哪家的麵。可惜幾年後軍區封鎖這個出口，沒有阿兵哥，生意蕭條許多。但是麵攤生意，幾年的錢一點一點累積下來，也存了一筆可觀的數目，加上七個兒女長大了，老自治只有兩個房間。沒有廁所沒有廚房十分不方便，就與別人換房，先搬到合群新村。那時外婆將近五十歲，已很少做生意；大阿姨大學畢業後有了固定的工作，外婆年紀也大了，就叫外婆不要再擺麵攤，又因為合群新村的鄰居太吵，就幫外婆換更大的房子。民國五十七年搬到建業新村，就是現在的房子，有前院有後院，還有菜園，空間很大。

大阿姨說：「建業的房子有一百坪，以前住老自治，房子好小，五十坪住五家人，一家才兩間房。以前以為會反攻大陸，房子都臨時搭建，用夾板隔間，隔壁講話都聽得到。

建業的房子是日式的木頭房，雖然空間很大，可是又舊又破破爛爛的，沒人想住，而且這裡當時沒甚麼人住。後來知道要永久住在台灣，才決定換來建業的房子，這房子還是花錢整修的。」大阿姨說到曾經住過的老自治村，臨時搭建的破房子，在民國四十七年的溫妮颱風災情慘重，屋頂都被吹走了，雖然有重建，但水泥牆不夠堅固還是很危險，眷民們一聽到颱風來，都躲到四海一家去睡，想像當年的情景，不禁讓我對南台灣八八風災災民的處境，有更敏銳的觸動。

人事物多變化

台灣民國四、五十年還是農業社會，很落後，外婆說大陸鄉下都是種田的，所以她到老自治養雞種菜，可以省錢。外婆曾經建議外公去緯九路圍空地，

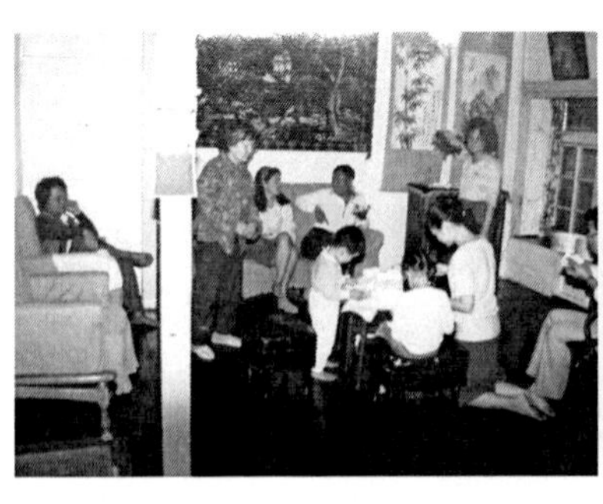

左：還未整修前，外婆家的客廳是日式的木板地。

右：我的外婆家，面積大約100坪。

可是外公擔心害怕，說有人在那裡圍地被人毆打，死在水溝裡，於是外婆就打消念頭。媽媽說：「那時候用竹籬笆，小偷一翻身就進來了，過年前雞被偷就慘了，過年沒有肉吃，只能吃青菜，沒有加菜都不用過年了。」那時候雞很貴，買不起，小偷不偷家裡的東西，因為知道你家沒錢，所以偷雞。

大阿姨提到那窮苦的年代，每天還要用柴火煮飯，民國四、五十年用煤球燒水洗澡，大家晚上聽聽收音機，早早就睡覺了。直到蔣經國先生當行政院院長，十大建設後，台灣經濟才好起來。以前村子裡，吃水果就去樹上打果子吃，有芒果、木瓜、香蕉、芭樂，還有龍眼，根本不需要買，現在工業社會造成空氣污染，樹上的果子都長蟲了。我想，雖然那個年代物質貧乏，生活辛苦，但是大自然給人乾淨的空氣與健康的食物，卻是最珍貴的禮物，不過現在比較起來，眷村的空氣仍然比都會住宅區的空氣好。

外婆與外公離開大陸，來到台灣三十幾年，時常想念內地的親人。好不容易開放大陸探親，民國六十九年剛過完年就回大陸，外公看見自己的親人，知道父母過世，難過的流下眼淚。外公身體本來就不好，回台灣竟然瘦了十公斤，每天想起老家就傷心難過，再加上氣喘病，不久就過世了。外婆雖然難過，卻還是很堅強，每天都做著她喜歡的事情，種菜煮飯織衣服，只要有兒女孫子回來，她就會問：「餓不餓，要不要吃水果，我下麵給你吃。」喜歡照顧人的性情依舊不變。

不變的長青菜圃

外婆今年已經九十歲，歷史課本上寫得離我們很遠的國共戰爭，她確實經歷過，甚至是八年抗日戰爭，還有直到民國十七年才結束的北伐。看來，外婆隨軍隊在大陸各省都走過，最後來到台灣，才能過安定的生活。即使是被稱為外省族群，也不是像別人以為的那樣，過著吃香喝辣的生活。錢，都是靠自己努力掙的，就算是女人，也要辛勤打拼。居住在眷村的人們，都是守望相助，彼此互相扶持走過艱苦的年代，才有充滿濃濃人情味的回憶。

直到今天，外婆仍住在這舒適的大房子，這是她一生辛勤，待兒女長大後，終於可以休養的居所。以前過年都有兒孫的笑聲充滿在這裡，只是兒孫也長大了，有的到外地求學工作，大房子變得冷清許多，

我和外婆合影，這將是一幀永恆的影像。

但是前院的菜園仍然綠意盎然，我問：「外婆種菜是為了省錢嗎？」外婆說：「無聊阿，台灣的青菜很便宜。」也許人老了，失去的不是可以用物質來填補的。然而，外婆堅韌自立的個性，永遠伴隨著她，似乎不曾因為社會環境的變遷而消逝不見，這是我們兒孫一輩的榜樣。

在政府要求眷村改建的期間，每個被迫改建的村民都在爭吵要國宅還是拿錢。外婆住慣了大房子，堅持不拿房子也不要錢，家人都勸她，擔心被迫改建後外婆沒有房子又拿不到錢要怎麼辦？但是老人家換了新環境，確實會難以適應，而我也希望能夠留下這間大房子，等待兒孫隨時來探望她。希望外婆的長青菜園，也就像徵子孫們一般，在外婆的照顧下，能夠長青且生生不息。

左：小時候的我，在菜園旁的前院遊戲。

右：現在的菜園仍然綠意盎然。

回憶的集結地

外婆的菜園讓我不捨，更何況是眷村的消失！我慶幸至少還有「眷村文化館」，能供眷民懷念。左營「眷村文化館」，是從小在眷村長大的議員戴德明爭取而來，他知道時代演變，眷村勢必會被拆除，因此希望眷村文化能盡力保留下來，於是改建海勝里活動中心作為場地，在二〇〇八年開始營運。選擇左營設立文化館，是由於這裡還有較為完整的眷村風貌，比如明德、建業和合群三村，還未改建。

自從我意識到家鄉──眷村快要消失，我就時常注意文物館的展覽活動，但展覽仍不能重現以前生活的光景，因此館內才會運用多媒體結合影像的方式，讓老眷民口述歷史，或是寫下生活故事做紀錄。志工阿姨說：「有許多老兵來，看到這裡的文物都哭了。」對於親身經歷的第一、二代眷民們，他們想要保存在地文化的心，一定比第三代的眷村子弟還要強烈。但是唯有讓子弟們重視眷村文化，否則眷村文化的傳承令人憂慮。

我也遺憾於文化館的建築外觀，完全看不出與眷村有關，期望能留下幾間眷村的房子作為展示，志工阿姨無可奈何的說：「我們也爭取過，但是政府有不同的考量。之前有留下空屋，但是遊民酗酒，不小心把房子燒了。而且空屋有外人遊蕩，對治安堪憂。」聽到這，不

只是身為眷民的我，連想要認識眷村的人，在沒有實物可觀賞的同時，都會覺得可惜。我又問起保留眷村文化，除了文物之外，精神上與生活上有沒有傳承的知識或技能，志工阿姨也只是失望的回答我：「你想過的我們都想過了，但是政府不肯做，我們也沒辦法。」

這時我想起大家都一致贊同的眷村美食，我認為如果能夠留傳手藝給下一代，或許眷村美食文化能夠永續。談到這，阿姨就睜大眼睛說：「上次辦的眷村美食活動，有好多人來參加阿！而且很多人都會到左營來吃美食，因為這裡比其他地方便宜，而且好吃。」我於是想起以前過年，外婆都會作滿桌的佳餚，可惜外婆年老沒有精力去做了，而我又忙於課業沒有時間學。連志工阿姨也說：「現在的年輕人懶，外面都有在賣，誰會想去學呢？」也許第三代的子弟們，沒有想過文化傳承問題，又忙於課業或事業，以致無心學習這些手藝，使老一輩的經驗與能力，被年輕人遺忘而漸漸消失。這情況，讓我更想多陪陪外婆聊天，向她學習手藝，也算是我能力所及的文化保存方法。只能期許第三代的子弟們，多留意並且重視眷村文化，將能留下的文物或是手藝，透過文化館的活動與展覽來傳承，讓眷村子弟們能夠緬懷祖先的辛勞，以感恩來享受現在的安樂生活，也可以讓非眷村的子弟，了解眷村文化與那年代的生活風貌。

以下兩張照片擷取自「高雄市眷村文化館」網頁

左：眷村文化館外觀

右：原本留下的兩排實體眷村房屋

左：兩排實體眷村房屋被燒掉後的模樣

右：被剷平的眷村一景，後面是眷改後，給眷民的翠峰國宅。

◎評審評語

涂妙沂：這一篇在結構上四平八穩，它融合了「文學的主觀」與「新聞的客觀」兩者。文字功力相當成熟，資料蒐集和訪談豐富，整體呈現出來的文學趣味，閱讀起來很流暢，報導人談話的運用生動得宜，幾個引述的談話生動而細膩，有畫龍點睛的效果，算是結構比較完整的一篇。眷村是很多人的共同記憶，這裡書寫出高雄眷村族群集體的印象。

郭漢辰：寫外婆的故事，生動動人，外婆許多有血有淚的生命歷程像戰地尋夫等，都反映著大時代的變遷。尤其圖文並茂，讓讀者可以從照片上認識到這位經歷歲月波瀾的女性，誠屬難得。

徐如宜：作者從外婆強韌的生命軌跡，寫出竹籬笆內外的轉變與散佚。對眷村文化的快速消逝提出警訊，表露傳承的使命感。

◎得獎感言

寫這篇報導文學，是因為我喜歡我的外婆，我的家族，還有我的家鄉——眷村。我讀幼稚園時，外婆每天接我下課，唸小學時，下了課就先回外婆家，我可以說外婆不但看著我，也照顧我長大。只是我對外婆有許多不了解，像是外婆的嗜好或背景等等。我想親情的愛，就是會讓人想要深入去了解一個人，包含他的過去，因此我去訪問外婆還有家人，好讓自己有與外婆更接近的感覺。當我了解外婆與家族的成長背景後，我發現上一代為了自己還有下一代的幸福而辛苦打拼，他們無怨無悔的付出，讓我飲水思源的去思考家族的歷史，這家族所有一切都是值得包容的。

眷村很美麗，矮矮的平房櫛比鱗次，紅磚牆與綠樹，盆栽和鮮花，空氣清新，夜晚寧靜。雖然這些眷村以後不會存在了，但我仍希望這影像能永遠留在我心裡。當我寫這篇報導時，我想要讓眷村不只是我的回憶，還有我家族的回憶，因為有土地文化也有人情，才更能聯繫情感。

感謝上帝帶領，還有美玲老師的幫助，讓我能完成這個心願。也謝謝喜歡這篇報導的評審與讀者們給我肯定。我希望大家都能親自去感受愛自己的家鄉、土地與家人的喜悅。

二〇一〇高應大文學獎：報導文學組第一名

七天——等待一個幸福的歸宿

四文二甲／楊惠雅

前言

踏入中途之家，與流浪狗收容所的管理人員漫談之際，一對父子用保麗龍盒裝著一隻幼犬進來，「這是我們在建國科技大學旁的水溝裡救起來的，現在交給你們了。」我好奇地低下身子湊近保麗龍盒；一隻微微顫抖的幼犬，也正抬起頭來無辜的看著我，望著牠乞求愛憐的眼神，腦海中頓時塞滿了莫名的思緒……。

安樂死的真相？

網路的發達，讓人很難不受影音世界的誘惑。在知名的影音網站上，用滑鼠點選了關於狗狗的許多影片，看了幾個幽默逗趣的片段後，我看見了右方其他相關影片裡，有個名為「安樂死的真相」的標題。毫無猶豫地將游標往那兒移動，按下滑鼠左鍵的那一刻，一點也不遲疑。

在影片即將開始的幾秒鐘，心中閃過「天啊！我真的有勇氣看這段影片嗎？」的感覺。鏡頭從一排排的狗籠帶起，狗兒被蠻橫的拖拉出來，掙扎與那繩索、棍棒作對峙。敵不過人類的的強勢，還在做無謂的反抗之餘，胸口被刺了一針藥劑，狗兒嚇得脫肛亂竄，糞尿灑了一地，因為沒刺中心臟又被捕刺了一針，不一會兒，狗兒就癱軟倒地，還來不及享受牠未來的一生，就與這個世界告別。

實在沒有勇氣繼續看完整段影片。影片快轉到最後，成堆的狗屍體像一座小山。我可以想像，這些狗狗都是依照剛剛的步驟被進行「安樂死」，霎時不免一陣鼻酸，這真的是「安樂」死嗎？牠們那驚恐的模樣如何可說是「安樂」？

前往中途之家

藉由這次報導文學寫作的機會，我利用元旦返家的時間，前往位於彰化縣員林鎮的流浪狗中途之家進行採訪。

蜿蜒的山路，崎嶇不平的地面，機車在坑坑疤疤的窟窿行駛，震盪出叩嚨叩嚨的聲音。看見流浪狗之家的指示牌後，便遵照指示向右轉，道路漸漸縮減，只容的下一台車子駛過的寬度，兩旁是散佈的墳塚，從遠處傳來狗兒的吠聲，風使勁的吹著，淒涼微悚的感覺油然而生。

弟弟一路陪我壯膽而來。除了緊閉的鐵門，四周沒有其他的道路，熄了火，我們在原地閒聊打發時間。不久後，一個騎著打擋車的中年男子來打開鐵門。

「你們要做什麼？」中年男子問。

「呃，您好，我是高應大的學生，正在作一份報導文學的作業，是關於流浪狗的議題，請問我們可以進去做採訪嗎？」我戰戰兢兢的回答。

中年男子看了看我們，跨上機車很豪邁的說：「好，可以。」

「那有人可以為我們做導覽嗎？」我接下去問。

「我，可以為你們解說。」中年男子發動機車轉個方向朝裡頭駛去，我也趕緊發動機車尾隨在後。

駛過一個陡峭的坡路後，再一個九十度的大轉彎，終於來到了中途之家。

意外的插曲

進入辦公室後，填寫了訪客登記。我看了之前的幾個紀錄，有的人是來參觀的，有的人是來認領養的，「寫好了嗎？」「嗯嗯，好了好了。」我在「參觀」的選項打了個勾。

這位中年男子叫做林文和，是中途之家的職員，平時處理寵物登記的業務和狗舍的管理。他先拿出了一本《動物保護法》的條例給我看，並介紹關於動物保護條例中的一些定義。其中最讓我驚訝的就是，每

中途之家辦公室外觀

個人家中養的狗兒，若沒有做寵物登記的手續，其實牠根本就不屬於你的！你只是在飼養「國家的共有動物」。沒有做寵物登記，在狗兒意外受傷或被車撞死時，你要對方賠償那是無法成立的。

「這是我們剛剛在建國科技大學旁救起的小狗，已經先幫牠洗過澡了，不然滿身都是臭水溝裡的髒東西。」男孩的父親也隨後進來，說明了來意，林先生便請他填寫登記書。

「好了，我寫完了，那我們先回去了。」那個父親拉著男孩就要轉頭走人，卻被林先生給叫住。「不好意思，您的身分證字號麻煩寫一下。」林先生遞上登記書和紙筆，卻不見那個父親有補填的意願。

「我已經給你姓名、電話和住址了，為什麼還要身分證字號？」林先生正經的回答：「這是規定，我們只是依規定行事，麻煩您填一下。」那個父親開始不耐煩了，皺著眉頭頻頻問林先生為何非填不可，而林先生也是保持一貫的態度說依規定行事。雙方僵持不下，另外一個職員也來向這位父親勸說，若是不填會令他們作業困難。「你們真的很奇怪耶！我之前在銀行填資料也寫了身分證字號，他們承諾不會外流，結果咧？結果冒出一堆問題！我這就是堅持不填！這位同學，妳評評理啊！」這位父親看向我，我也不好做出什麼回應，就只是傻傻的露齒微笑。

這個父親堅持到最後還是不願意妥協，身分證字號欄始終保持著空白。「算了算了，您不填就算了！我來處理就好，謝謝您的愛心，您可以請回了！」林先生索性地終止這個毫無結果的僵局。父親帶著男孩忿忿然的離開，而林先生也搖搖頭將登記書放到他的辦公桌上，另一個職員便將小狗拎起往裡面的狗舍走去。

參觀狗舍

林先生領著我們進入狗舍，剛進入就聞到狗兒們的體味和排泄物的異味，但我的注意力馬上被眼前的狗兒們吸引。對於我這個不速之客，引來牠們又叫又跳，不知道是出於防衛還是期盼著，我可以將他們帶離這個地方，找到一個可以安身立命的歸宿？

狗舍內分為幼犬區、母犬區及公犬區。在幼犬區的每個籠內，都有著四、五隻以上相似的臉孔、毛色，牠們全都是一窩被清潔隊捕獲來的。兄弟姐妹相互依偎著，籠子上垂掛的暗黃燈泡，成了牠們唯一可以取得溫暖的慰藉。也許是我喜愛狗兒的個性，也許是對眼前一隻隻天真幼小的小狗們起了憐憫之心，我靠進鐵籠，食指輕輕逗弄著牠們濕潤的鼻尖，牠們搖著那短小的尾巴，好像也在跟我打招呼似的。這時林先生告訴我：「同學，不

好意思，妳可以看牠們但不要去觸摸。」像是被燙到的反射動作，我趕緊把手收了回來，怯怯的問：「抱歉，請問為什麼呢？」林先生回答：「因為我們不曉得這些狗兒有沒有傳染病，沒有的話那就無礙；如果有，經過妳這樣的觸摸，也許會傳染給其他的狗兒，這樣疾病就會很迅速的蔓延開來了。」我意識到此事的嚴重性，手兒僅止於鐵籠外頭搖搖晃晃，不敢再去碰觸牠們那毛茸茸的身軀和和一副無辜的臉龐。

走近另一個狗籠，一群小狗全都往我撲過來，只有一隻黑棕色夾雜的小狗，在角落猶疑著，往前跨了一步，又往後退了幾步。我盯著牠看了一會，馬上認出牠是剛剛被送進來的那隻小狗。「沒錯，像這種剛被送進來的，還沒有辦法融入其他的狗團體，牠看起來就顯得零丁孤獨。」林先生嘆了口氣，我也只能在一旁注視著，愛莫能助。

幼犬區內的小狗們

繞了一圈狗舍，有些狗兒很親人，走近牠們時，原本瑟縮在一角的狗兒馬上跳起來搖尾示好，圓澄澄的雙眼透露著想擁有幸福歸宿的渴望；有些狗兒充滿敵意，露出尖銳的牙齒大聲咆哮，牠們的吠叫聲在鐵皮搭建的狗舍裡迴盪，久久不曾散去。

手術台上的無奈

另一個房間裡頭擱置幾個籠子，關著數隻流浪貓。發出凶悍的低鳴聲，林先生說這些貓兒具有攻擊性，較不適合被領養，連幼小的小貓在我蹲下靠近時，都睜著大大的眼睛和露出尖銳的虎牙，高分貝的喵喵叫著，林先生說：「妳看，這些小貓都被母貓『教育』得很好，對人類充滿敵意，人類根本無法親近。」

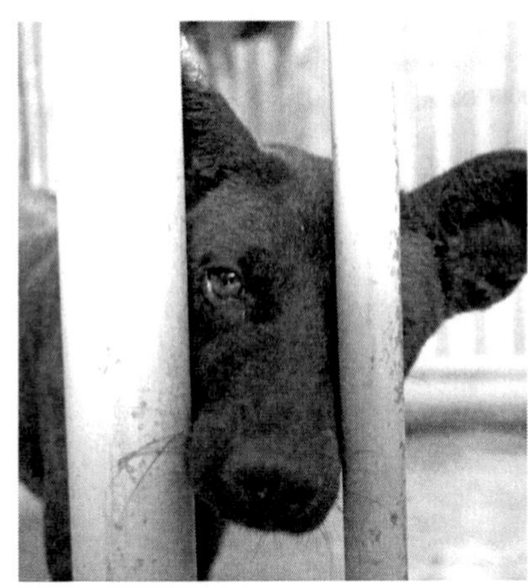

請帶我回家

貓籠的對面，放著一架手術台，旁邊有水槽和幾瓶藥劑，我指著那冷冰冰的台面，吞了吞口水問：「請問……之前在網路上有看過狗狗被安樂死的影片，牠們被拖出籠外施打藥劑致死，在這裡真的有像影片內描述安樂死的情況嗎？」林先生低頭沉默了半晌，然後吐了一口氣說：「這裡當然會有安樂死，但我們並沒有像影片中那樣的殘忍，我們會先注射麻醉藥劑，狗兒癱軟之後，再注射安樂死的藥劑讓牠結束生命。」顯然影片上呈現的安樂死多了幾分驚悚與恐懼。而這裡以先麻醉的作法，應該可以減少狗兒在被結束生命之前，那無助失措的慌亂感與無限驚懼。靜靜的在心臟漸漸麻痺後，結束牠未能走下去的生命。

「我有血有肉，並非鋼鐵般的無情，進行安樂死的工作我也很難過，但這是必經的過程，如果不這麼做，就無法再收容其他被送進來的狗兒。」林先生感慨的說著。轉頭瞥見裡頭一個白色的大冰庫，直覺的反應是：那個該不會是……「安樂死後的狗兒，全都在這裡。」林先生冷不防的開啟那道門，還來不及做出反應，呈現在眼前的是一袋又一袋被封裝的狗屍體。倒抽了一口氣，林先生將門關上，我的腦袋才回神過來開始正常運轉。林先生繼續說：「這些狗屍體的處理是外包給清潔公司，類似火葬場那樣，用高溫將狗兒火化。」

走出那個房間，又看見籠子內那群可愛的小狗們，心中不免泛起一股憂傷。七天之內，如果沒人來認養這群可愛的小狗，牠們是不是也要被搬到手術台上，在心臟停止跳動後，被放入那寒冷的冰庫中呢？

回到辦公室，林先生建議我向主管機關——彰化縣動物防疫所報備之後，再來一趟中途之家進行更深入的了解和拍攝照片。於是我收拾完個人物品，向林先生道謝，在跨上機車要駛離之前，又回頭看了看狗舍，才加速油門離開。

第二次拜訪

再度駛過那凹凸不平的路面，我又度來到中途之家。

進入辦公室後，跟正在辦公的林先生打了聲招呼。一位穿著休閒T恤和牛仔褲，腳上套著雨鞋的男子走了出來，他是這次為我導覽解說的獸醫師——洪世恩。

我說明作業內容後，洪醫師拉了一張椅子在我對面坐下。

「那妳主要是要勸導大家來認領養，還是說要了解流浪狗的哪些問題呢？」

「嗯……我想針對安樂死這個部份做了解。」

「好的，那我就先從安樂死的這個做法說起吧！」

最不得已的手段

「首先，為何會有狗兒被安樂死的狀況發生？原因出在街上的流浪狗過多，然後被捕獲送進收容所；收容所有一定的數量限制，為了讓下一批被送進來的狗兒有地方安置，原先收容的狗兒若是在七天內沒有被領養，不得已的情況下只好進行安樂死。

「回到一開始提到的，街上為什麼會有這麼多的流浪狗？原因有二，最大的問題就是人類的始亂終棄，看狗兒小時候可愛的模樣就細心呵護，長大了就被冷落丟棄。另外一個就是有的人會看街上的狗兒挨餓受凍很可憐，就給予食物，狗兒因此越來越聚集，聚集會產生繁殖的狀況，清潔隊來抓，也是會有漏網之魚，於是問題就不斷的重演。

「我們收容所最多收容兩百隻狗，一旦一個星期之後清潔隊捕獲送來的犬隻，沒有安置的空間，我們只好將原本收容的狗兒進行安樂死，這樣才有辦法安置其他新進來的狗兒們。

「安樂死，本來就是一個殘酷而且很不人道的作法，但面對流浪狗的問題，至今還沒有兩全其美的方法出現。安樂死是治標不治本的，這樣說來，其實小孩子的觀念才是根本問題。」

「哦？怎麼說呢？」我好奇了。

「妳想想看，有沒有在街上遇過，媽媽帶著小孩看見狗狗時的反應：『狗狗髒髒，有細菌，很兇、會咬人，不要靠近！』從此小孩就對狗兒產生了排斥感，小孩的生命教育就無法落實。如果愛護動物的觀念正確且紮實的建立起來，現在的流浪狗問題應該不會這麼嚴重才是。」

一邊聽著洪醫師的講述，一邊寫著筆記的手緩慢了下來，這真是個環環相扣的問題，腦袋裡又浮現了在狗舍內那群可愛的小狗們，忍不住又向洪醫師問了問題：「那，連幼犬也難逃安樂死的命運嗎？牠們還這麼小！」洪醫師知道我的意思，語氣平和的說：「進行安樂死之前，我們會先做評估，首先是健康狀況，再來是親不親人？有沒有攻擊性？迫於收容數量的限制，空間是最後的考量。」

小狗們既期待又害怕受傷害的看著我

與狗兒們親密的互動

訪問告一個段落，洪醫師起身準備一些藥劑，隨後問我要不要跟外頭的狗狗們玩，我點頭如搗蒜，拿起相機跟著洪醫師的腳步，來到位於辦公室對面的狗舍。

這狗舍內的狗兒，是健康狀況良好的，而且都是喜歡親近人類的。跟著洪醫師進入狗舍，成群的狗兒們就喜孜孜的靠過來，有拉布拉多、德國狼犬、臘腸犬，還有幾隻米克斯（指混種犬），一隻隻張著嘴巴哈哈哈的笑著。那狼犬和拉布拉多可興奮了，頻頻在我腳邊磨蹭，口水都沾滿了褲子。我不計較牠們這可愛的舉動，在牠們厚實的肩頸來回的撫摸，牠們瞇起眼睛好像很舒服、很陶醉的模樣，心想這麼可愛的狗兒，怎麼會被人丟棄呢？

洪醫師幫拉布拉多掃描晶片

洪醫師將膠囊丟進狼犬的嘴裡，揉揉牠的喉嚨讓牠好吞進胃裡。這時一個職員帶著一個男子來到狗舍外頭，指著我腳邊的拉布拉多說：「這隻也不錯，你可以看看。」原來那位男子想要領養拉布拉多，牠已經看過裡頭的一隻拉布拉多，現在來看外頭的這隻。「牠是女生喔，而且生過小狗了。」洪醫師告訴那名男子，眼前這位先生和職員在一旁坐了下來，似乎在考慮著眼前的拉布拉多是不是他想要的。

我被眼前的狗兒們深深吸引，牠們的雙眼是那麼的澄澈，微笑是那麼的迷人，當牠們靠近我磨蹭，我也深深的擁抱牠們，很難想像牠們在沒有人領養之後的命運，是在手術台上結束牠的一生。

生命最後的一點機會

中途之家提供走失以及無主的流浪狗們七至十四天的收容期限，牠們殷殷期盼的眼神，誰捨得讓牠們被迫安樂死結束一生？多麼祈望能這種終止殘忍的撲殺，讓每隻狗兒都能擁有幸福的機會吧！

附記：

特別感謝中途之家職員林文和先生與獸醫師洪世恩先生的導覽解說。

請以認養代替購買，讓每一雙殷殷企盼的眼神，能有尋找幸福的機會。

又，彰化縣流浪狗中途之家，開放認領養時間為：每週一、三、六、日，早上十點到十二點，下午二點到四點，地址在彰化縣員林鎮阿寶坑巷四二六號，聯絡電話為〇四—八五九〇六三八，盼望愛狗人士都能前來領養這些小小生命體。讓牠們都能有一個被寵愛的幸福歸宿。

我們都很可愛喔！快帶我找回幸福！

◎評審評語

涂妙沂：很多人關心流浪狗，但多來自媒體的報導，作者把關心化為行動，實地做了二次的採訪，他的觀察很敏銳，例如用水槽和幾瓶藥劑來直擊流浪狗的安樂死，安樂死後的狗屍袋等，小地方寫得很細膩。寫作者的真誠會讓文章感動人，「報導文學」的重點——讓人真的感受到那樣的痛苦。作者彷彿拿著文字攝影機，讓讀者跟著他的筆親自走一趟流浪狗收容所，體會七天，一隻流浪狗生與死的決定性時間，讓人感受流浪狗深處其中的恐懼與悲慟。

郭漢辰：從網路上一段狗兒的安樂死短片，激發作者追求真相的決心，作者並沒有犯下人云亦云的失誤。而是直接到狗兒中途之家追求真相。原來才是替狗兒安樂死這是最不得已的手段，中途之家也給狗兒的生命最後一絲機會。

徐如宜：作者觀察入微，以虐犬蠻酷始，以人道關懷終。延伸鏡頭記錄，為報導文學生色。

◎得獎感言

為了讓流浪狗安樂死的的真相受到關注，一段小小的影片開啟了我追求真相的契機。

感謝洪世恩醫師、林文和先生的解說，楊美玲老師的指導，評審老師們的賞識與肯定。

謹以此篇創作向遭安樂死與正在等待幸福的狗兒們發聲。

‖二〇一〇高應大文學獎：報導文學組第三名‖

菜鳥社區巡守記：尋找歸屬的一種實踐

四文四甲／蔡佳霖

序言

每個出外求學的遊子，漂流到一個陌生的城市，住在那狹小的出租套房裡，對於自己所處的環境，以及在地人事物的認識實在少的可憐。

一天，晚歸的我拎著遲來的晚餐，正拿出鑰匙準備進門，耳邊傳來社區巡守隊員們的聊天聲，穿著螢光背心的他們，在寒冷的十二月，默默守護著冷風吹襲中的社區。最近常常思考人與土地的歸屬感，這樣的畫面點醒了我，歸屬感的追尋不就是從自己住的地方開始嗎？好似鳥兒與巢穴一般不可分離，我也是這裡的一份子啊！抱著這樣的心情，找到了上網搜尋里長的電話號碼，立即撥了出去：

「喂~里長嗎？請問我可以參與你們的社區巡守隊嗎？」

缺乏年輕人參與的社區巡守隊

一聽到年輕人願意參加巡守隊，白里長顯得十分意外：「有年輕人要加入當然好啊！」但可惜的是，若要正式加入巡守隊，戶籍必須要在本地，而且必須填寫申請單呈報主管單位才能真正成為其中一員，身為標準「台北俗」的我，在外面租房子求的只是暫時的棲身之地，戶籍仍舊掛在那個濕冷、擁擠且讓人焦慮的城市。慚愧的是，直到幾分鐘前我才知道我所居住的地方屬於德仁里。與里長商量的結果，我也只能以實習的身分參與。

目前德仁里社區巡守隊的成員有二十三人，對社區的維安全年無休，每天晚上從六點開始分為三個班次輪流，直到半夜十二點為止。參與的社區居民大多是年齡較大、已經退休的長者，或者是家庭主婦，女性竟多於男性。在參與的人力方面，相對於有些鄉里的巡守隊只有五、六位隊員，德仁里巡守隊的人數算是多的了，但仍舊不足，關於社區參與的推動與投入，是怎麼樣都不夠的。

與里長通過電話的隔天晚上，懷著忐忑與歡喜的心情，準時到里辦公處報到，外頭的管理員見到我，用著親切而鬧著玩地的台語說：「妹妹，妳是來插花仔的喔！」

我想，這應該是融入社區的一個好的開始吧。指導我這菜鳥進行實習任務的是李炳丁夫婦，幾年前從台汽公司退休的德仁里辦公處主任李炳丁先生，投入巡守隊的原因：

「當初就想說已經退休啦，孩子也都長大獨立了，有這些時間應該為自已的家鄉盡一份心力啦！」

他的妻子張卿春女士是社區的鄰長，十分熱心參與公共事務，夫妻倆一同投入社區服務，在德仁里中算是多見的事兒。李伯伯說：

「我們里長人很好，鼓勵夫妻一起出來參與公共事務，像巡守隊就是啊，兩個人一起做就當作散步一

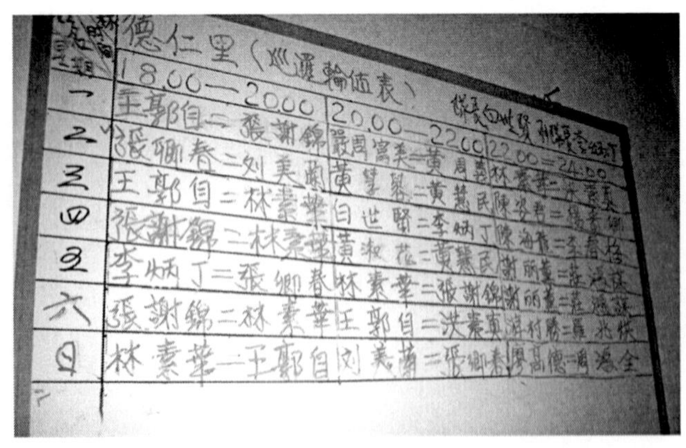

德仁里社區巡守隊巡邏輪值表

樣，感情也會變得比較好。」

這樣的附加價值，應該是李炳丁先生想都沒想到的事。

從社區總體營造到六星計畫

台灣早先的農業社會，強調的就是人與人相處之間那份濃濃的人情味，以及與鄉里、土地的那種深深的情感。但隨著工業社會來臨、鄉村都市化的結果，使得人與人之間的關係變得疏離，三合院變成電梯大廈，木門木窗換上鐵門與鐵窗，傳統樸實的台灣精神也隨之消逝。有鑑於此，文建會於民國八十三年首度提出「社區總體營造計畫」，目的為透過社區意識的重建，強調公民參與的重要性，來培養國人的共同體意識。往後的十餘年至今，社區營造的蓬勃發展蔚為風潮，各種以社區為出發點的討論可謂之當代顯學。而行政院於民國九十四年繼續推動「台灣新社區六星計畫」，也就是社區總體營造第二期計畫，由文建會擔任幕僚機關，目標在於透過產業發展、社福醫療、社區治安、人文教育、環保生態及環境景觀等六大面向的提升，打造健康社區。社區巡守隊的設置，就是屬於計畫中社區治安的部份。

李伯伯一面忙著為我準備巡守隊必備的螢光背心，一面跟我說明巡守隊的運作方式。目前德仁里社區巡守隊的經費大多來自六星計劃，像是背心、指揮棒、夾克等裝備都是由里長申請，再由中央撥經費購置。

「妳看，里長幫我們買的這個夾克，很保暖也很方便呢！」展示著身上這件黑色為底搭配顯眼的橘色條紋的風衣夾克，李伯伯眉宇之間有種不可抹滅的榮譽感與滿足。

「來吧，穿上背心，這指揮棒給妳，但是沒電池所以不會亮，妳不要小看它喔，要打壞人還是可以啦！好了我們就簽名出發吧。」

一支不會亮的指揮棒，高雄人的幽默就是這麼讓我深深愛上。

巡守隊的工作事務

夜裡冷風襲人的氣溫，高雄比台北晚了一步，算也正式進入冬天。黑色的夜幕提前升起，映照著身穿螢光橘背心的我們，點點螢光，看來十分明亮。李伯伯走在靠近來車的最外側，為我這隻見習菜鳥介紹巡守隊例行的事務工作。一般來說，巡守隊的巡邏路線會放置巡邏箱，必須由本人確實簽到。每到月底會將簽到單回收結算，並呈報區公所紀錄，做為評鑑參考。

「這可不能隨便找人代簽，一定要本人簽啦！」李伯伯戴起老花眼鏡，一筆一劃地確實將自己的名字烙在這上頭。德仁里共有八個巡邏箱，每個巡邏箱的距離約為三、四百公尺左右，走完一趟所花的時間大概一個多小時，沿路必須注意環境是否整潔、公共設施檢查、治安維護等事項。

「我們這樣一邊走路一邊也要注意四周環境，偶爾會聽到樓上有人吵架之類的話，我們的工作就是要趕快通知警察來處理。」卿春阿姨說。

「為什麼不直接去按電鈴了解狀況呢？」我好奇地問。

「我們不是警察啊，直接去按電鈴的話，人家不理你就算了，萬一情況弄得更糟，搞不好自己還會受

李炳丁與張卿春夫婦，在各路段簽下巡邏紀錄。

到波及。巡守隊的任務是要盡到告知及通報的責任，至於執行上的問題，還是要靠相關單位的搭配，才能發揮力量啦。」李伯伯向我補充說道。

巡守隊成立兩年多以來，沒有出現過重大的案件，李伯伯說：「這樣表示我們社區的治安不錯啦！但其他里若有抓到小偷、贓車，協助警察破案之類的事蹟，這樣評鑑分數就比較高。結果我們這里沒出什麼大事，評鑑相形之下就變得比較普通一點，不過這是玩笑話啦！」李伯伯一副輕鬆派，讓我也不禁放鬆心情來面對這第一次的見習。

巡守隊員每出勤一次可以領到八十元的誤餐費，其實並不多，但卿春阿姨說，錢的多寡不是重點，重要的是讓參與的社區居民能夠感受到政府的心意以及增進對於社區的認同感。現代人工作忙碌，目光只關注在與自己利益相關的事物，若非特別留意的話，對於社區參與概念的了解程度也不會太高，如此一來，我們的社會就會變得更加疏離。社區營造的重要性就是找回早期社會人與人之間互助共存的情感，藉由活動及溝通推廣，使更多民眾願意參與，台南藝術大學曾旭正教授的著作《台灣的社區營造》中提到，社區營造的任務就是將原有的社區感召喚回來，俗語說得好：「千金買厝，萬金買厝邊」的道理就在這裡啊！

這是妳女兒喔？

當我們走到遼寧一街時，遇到了李伯伯的好朋友吳仔。吳仔看起來十分溫和有禮，揮著手和我們打招呼：「辛苦啦！天氣這麼冷你們出來巡邏要多保重身體嘿！」

「對了。」吳仔指了指頭上的那盞路燈。

「這盞燈今天好像不亮了，能不能麻煩你們跟里長講一下？」

「怎麼能說是麻煩呢？這都是應該做的事，你不說的話我們也會注意到的，放心啦！等下我們就馬上幫你處理。」李伯伯笑笑地說。

吳仔看了我一眼，轉過頭來問卿春阿姨，我是不是他們的女兒？「不是啦，我最小的女兒還比她大上好幾歲咧，都嫁人了。」阿姨說。

「真的喔，妳們兩個很有母女臉捏！」吳仔說。

頓時，我的心中一陣暖流經過，一直以來對於異鄉的漂流感，在此刻漸漸地消逝了，歸屬感，似乎就是這樣油然而生。有個人，願意分享他所知道的事，關心你的生活，把你當成家人對待。

「你自己出門在外讀書，吃的東西就要多多注意，要多吃青菜跟水果，營養才會均

衡！有什麼問題就來找我們吧！」卿春阿姨拍拍我的肩膀說道。

這一刻，我想，我已找到對於我所追尋的「在地人」那份情感的凝聚力了。

社區第一的參與態度

回到辦公處，阿姨立刻從冰箱拿出了一瓶蘆筍汁遞給我。

「辛苦啦！很累吧，喝點飲料解解渴。」

在我喝起飲料的同時，李伯伯一口水都沒喝就拿起電話處理路燈壞掉的事，並聯絡其他巡守隊員傳達訊息。我抬頭看了看時鐘，已經接近晚上十點，里長才正要打開飯菜已經冷掉的便當盒。

「今天晚上去分局（警察局）開會啦，處理一些里上的事情，所以比較晚吃飯。」

一邊扒著飯，里長親切地和我聊著關於參與巡守隊的心得。他說，現在的年輕人，有時候連隔壁鄰居住了什麼人都不知道。他每天騎著機車到處巡邏，也還是有人會問：「我們里長是誰？」像這樣的情況，就是要鼓勵社區居民多多參與活動，彼此熟悉，類似實習參與巡守隊的做法，也是一種拉近彼此距離的方式。

「以後大家就是好朋友了喔！有空要多來坐坐！有問題儘管來找我們幫忙！」里長熱情地說。

看著巡守時沿途的一草一木，數著幾幢舊房子透出微微的光，一盞燈，也許正代表著一個家庭的故事，或是某人曾生活於此的痕跡。經過一戶人家，從網狀紗門看進去，家人們正圍繞在客廳，一面聊天，一面看著電視；目光再移到隔壁人家，卻是大門深鎖，門口貼了一張紅紙，上頭寫著大大的「售」字。如果把人比喻成植物，遷徙這件事不就像是樹木被連根拔起，那麼，又要花多少時間才能在另一個地方種下生根長葉呢？

在高雄生活即將度過四年大學的寶貴光陰，距離開這塊土地剩餘的這些時光，就繼續挖掘吧，挖掘出更多對於環境的關懷、對社區的認同，我想，像這樣的生命歷程多讓人期待啊！

◎評審評語

涂妙沂：負笈外地求學的大學生認同社區的過程，探討鄉里土地的情感，人物清新真實，充滿濃濃的人情味，實地採訪的完整呈現，報導人的談話運用生動活潑，從文章中看到高雄人熱情的風味，閱讀過程不禁感染了作者的愉快。

郭漢辰：一名來自外地的大學生，走入高雄市社區進行訪問，最後大學生融入社區意識裡，體會到在地人的深濃感情。

徐如宜：作者展現尋找歸屬的熱切心情，從實踐中尋求自我。小人物是社會的基石，平凡處自有真情。

◎得獎感言

這是第一次獲得文學方面獎項的肯定，對我來說意義重大，激勵自己繼續努力在報導文學的寫作上。感謝美玲老師的辛苦指導，總是十分有耐心地給予許多建議與修正。

二〇一〇高應大文學獎：報導文學組佳作

那一段漫長的旅程——訪Ruf／柯漢堂中尉

四外二乙／廖科穎

邂逅——相近的年齡，不同的來歷

二〇〇七年二月，高雄，一名剛退役的士兵正迎著微微涼風從市區騎往小港機場的方向。入伍服役對每個男生應該都可算是值得掛懷的日子，相對的，退伍的那天也定是退伍的弟兄們相聚狂歡的時刻。L不得不承認幸運，在軍中數著饅頭的日子裡，正好遇到國防部實施役期縮短的政策，役期從二〇〇四年開始，一年十個月不斷減縮為一年八個月，二〇〇七年一月修法縮短到一年四個月。因此L整整提早了兩個月退役。雖然說義務役總有服完役的一天，但能早一天退伍，離開那種機械化生活，就多替自己省回一點寶貴的青春歲月。

L無法理解那種當完兵就等於男人的公式，也無法深刻體會那所謂同甘共苦的情懷。或許，原因要追溯至現今年輕一代的抗壓性太低與社會風氣的影響吧！現在，L只是很希望回到家中看到祝禱自己榮退的親人以及相思多時的女友。此時的L並不知道，一年後與自己認識的德國好友，相當於L服役的時期，也在軍中經歷最刻苦的磨礪與生死交熾的煎熬。

L只是一個義務役的士兵，雖然隸屬於中華民國憲兵部，實際上接受的戰技訓練卻只有短短二個月。也許是台灣的徵兵制度不斷縮減兵役的影響，更因為在部隊中尋找不到的歸屬感吧！就像L待在憲校時的教官曾說過：「……即使再把你們操的像狗又如何？一個月後還不是拍拍屁股走人，一年後退伍，你們能對我們、對憲兵有多大的感情……？」是制度使然？還是台灣和平的現象使然？L永遠記得在軍中，長官集合的第一句話：「有沒有人認識立委、將校級以上軍官或是大眾傳媒的朋友啊……」短短一句話，卻令當時的L及同袍們面面相覷，不知該做何反應。

L後來考上大學結識了Ruf，並成為了好友。在一次跟Ruf午後聚會中偶然聊到當兵的趣事，Ruf提起他去左營海軍基地的感想：他們的戰技很好看，可是好看沒甚麼用。L告訴Ruf，台灣的職業軍人跟義務役軍人實質上差異並不大，他們缺少的並不單單只是磨練而已，而是少了很重要的感覺。就在這樣的閒聊中，L才知道Ruf不常提起的身分背景與經歷。

德國公爵之子——亞佳特的王子

Ruf是為自身的職業感到驕傲的。他怎能不驕傲？純熟的戰技，絕對求生能力，堅強不屈的體能，嚴謹的生活態度，再加上德軍配有的新式戰備以及槍枝，更遑論他引以榮耀的家族了。是的，他最引以為傲的家族！Ruf身為軍人，尤其是軍人中的楷模——憲兵，很大一部份原因來自他的家族。Ruf家族裡世世代代的男人都曾在軍中服過役，不僅立下彪悍戰功，更是獲得爵位榮耀。是的，Ruf是貴族，世家豪門——亞加特公爵之子。

雖然有著光耀的血統，但是Ruf也想逃離那浩蕩光耀下的陰影，然而不是永遠的躲避，但是他的確需要，需要一個喘息的空間……。他已經厭煩過往學校中充斥的虛誇自大與糜爛，因此也促使他大步踏入軍旅生涯。在那裡，他可以有喘息的空間，能發揮他自我的能力，展現他自己的特質！而現在，他想更進一步的挑戰、嘗試被掩飾在和平外皮下的暗湧。

二〇〇七年，德國，科隆。年輕的Ruf終於升上少尉，此時的他才剛年滿二十二歲。自高中畢業後，他就開始接受德國法定的義務役軍事訓練，九個月後，他考選了軍官學校並開始進行一連串訓練。他隸屬於德軍憲兵特種部隊，光是聽名頭就足以震懾許多同年紀的人。雖然Ruf身為軍官，但是他卻不常到軍官專屬餐廳用膳，而總是跟自己伍上的弟兄一起珍惜這短暫的美好時光。Ruf也參與許多部隊的特殊技能訓練與叢林求生，這不僅是國家對軍官的要求，也是他對於自己本身的磨練與堅忍、體能與精神的突破。Ruf不僅精通英、法、西、荷蘭等各國語言，而參予過的各項部隊訓練更是令人瞠目結舌！騎兵、傘兵、偵察兵、憲特與防暴等等各戰鬥部隊，甚至到國外交流，例如美國海軍陸戰隊及ＳＷＡＴ。很難令人相信，僅僅二十二歲的他，已有如此令人驚奇的歷練。

而他更在二〇〇七年做出了最重大的決定——重回戰場。

二〇〇七年十一月，Ruf的新申請通過了。同一憲特部隊的人更早早就整裝待命，等待飛向那未知又充滿挑戰的未來。這不是他們第一次進入戰場，Ruf就曾在科索沃度過危機四伏的九個月。只是他們卻沒有預料到，其實戰場的兇殘與險惡，現在才要抖落牠的偽裝，撕開血盆大口，肆虐的吞食他們的勇氣、希望與生命。

機艙裡的伙伴們雖然在笑著、說著漫無邊際的閒話，仿佛就是為了抒發此時空氣中的沉悶而存在著。第一次來到被認為是「世界恐怖份子中心」的阿富汗，心中難免充斥著徬徨無主的心緒。緊緊握了握濕潤的手掌，能確定的只有掌握住自己的武器、裝備，自己才能鎮靜那一絲慌亂的心思！

「好了，我們已經到達降落地點，所有人立刻準備好，不准拖拖拉拉……。」長官的聲音才剛剛響起不久，緊接著卻不是宣布降落的訊息，而是一陣一陣閃爍的紅光與警報！

遇襲!!

猛嚥了一口唾沫，雖然有些心驚和忙亂，但是每個人都準備好緊急跳傘的裝備與措施，因為這時的情況早已納入所有計畫之中，剩下的，能做的，只有將受訓的每個步驟確實做到定位並且……祈禱吧。縱使Ruf是個無神論者，也只能相信自己的運氣，而不被地面的恐怖份子發射的無差別攻擊砲給轟中了。

今天，是他們剛到阿富汗的第一天。

或許是上天的眷顧吧，Ruf的部隊並沒有損失任何一名成員，成功抵達了基地。即使在阿富汗，所有的訓練也仍舊持續著，唯一的差別只在於不能自由出入基地外的城鎮。Ruf下一次回德國休假，必須要等到四至五個月後了。而在這段期間，每天持續的除了真槍實彈的演練以及巡防，剩下的也就是偶爾支援附近的外國盟軍進行任務。在阿富汗的疆土中，當然不可能只有一座德國基地。附近還有幾個盟軍基地，彼此間也維繫著重要情報分析與資源分享。畢竟，這是別人家的後院。

在這裡隨時都會遭受炮火攻擊，一天總有3或4個炸彈在基地外圍轟炸。敵人的用意很簡單，他們在警告基地中的每一個外來者：「……我們隨時都在看著你們！」幾天前，Ruf帶幾個同袍隨著一名友善的阿富汗居民到較大一點的城鎮去，這是Ruf第一次「放風」到外面的大城鎮去，這裡已經距離基地有幾十公里遠了。就當他們隨意的找個地方停車，並且閑步到一旁聊天，喝個冷飲，一台不起眼的小摩托車，正緩緩騎至他們裝甲車的側後方，忽然只聽見一聲砰然巨響……，那台機車就這樣自爆了，連帶著騎士一起燃燒著濃濃黑煙直衝天際！

冷汗，緩緩從臉頰滑落，瀰漫心頭的寒意，卻怎樣也除卻不去。放眼望去的任何地方，隨意一個不起眼的路人，自己一個不經意的放鬆，就將導致自己的喪亡！

「直到那刻起，我才終於覺悟，我身處在怎樣的戰爭裡……。」

無法察覺出誰才是我們的敵人，無法抵抗那種自殺式的犧牲手段，對於周遭環境的不可掌握，讓人打從心底感受到的，只有一陣陣戰慄。

未下基地飛機即被轟炸的猛烈前奏，一段摩托車自殺式攻擊的間奏曲，緊接著的主旋律呢？令人難以想像接下來所有可能發生的事情。幸運的是，在這場間奏曲中，只有裝甲車的側面被燒毀，無人傷亡。

戰場上，除了戰鬥部隊，當然更強烈的需要是一切後勤物資。為了緊壓士兵們的士氣與適時的鬆緩，基地裡具備了很多訓練裝備與休閒器材。除糧草、輜重（裝備車輛）、倉庫和運輸外，更重要的當然屬醫療資源的供應。Ruf的一位好友，一名上校醫官，就駐紮在距此數十公里外。身處於如此危惡的環境，同袍好友間的相處談笑更顯重要，也更見情感深厚。

一天稍早，Ruf即收到了好友傳來的訊息，說明他們將搭乘直昇機出發，兩個小時內將抵達Ruf的所在基地。一段時間不見的故人要來，理所當然是件愉悅的事。時間的流逝在等候中最顯漫長無止盡，雖然才過了短短半個小時，卻讓人心焦不已。誰知曉在這樣的等待下，居然已經過了兩個小時！Ruf開始擔心憂慮了。他想著，是否因為有突發狀況或是機體有誤差才導致行程延滯？那也該知會一聲吧？於是他不堪等候下去了，決心轉向長官請求確認對方醫療隊直升機的行蹤，確認直升機早在兩小時前離開，可是……。所有人心裡開始染上不安的陰沉感……，在徵得衛星的監控鏡頭下，終於找到了飛機的行蹤。直

升機在起昇後，不久行經一座山頭時，被迫擊砲擊落了！

Ruf只覺得心底一陣冰涼，腦袋瞬間被抽空了氧氣一般，再無法去思考、去感受什麼了！那是他的摯友，是他最堅實的情感，而今卻再也無法見面說笑談天了，那是最痛心的感覺……。

生死狀

「……我覺得我那時要瘋了……，我跟長官說我要立刻去找他們……」不顧長官的嚴令禁止，在幾位夥伴陪同下，他們準備了一切個人戰備，在長官面前，六人一起簽下了協議書「……此行為僅存於個人，若有任何死傷需自負……」。那股情同手足的深厚情感令人動容，縱使此去是不歸路，毅然前往而不改顏色。他們只想帶著兄弟回來，即使只能取回殘片破布；若不去，此生可能從此只有遺憾。

小隊在樹林中不斷掩藏行蹤，不肯也不能稍緩休息片刻，他們只想早日到達終點，心裡也冀求有人在堅持著，正等候他們的救援。直升機墜毀的地點位於山上，他們無法搭乘任何交通載具，山林裡就連行走都很艱難，他們不僅要比敵人隱密行動，更要與時間競快。

「……當我們到達山區，映入眼底的只有飛機……跟人的殘骸……沒有人活著……沒有……。」

絕望的心情不僅襲捲了他們的心智，同時更再次遭蒙敵人的攻擊，正如他們長官所預料的，敵人果然在此等待他們前來。帶著被痛苦扎的千瘡百孔的靈魂與七個小時奔波無休的疲乏身軀，他們只能邊走邊戰，憑著一股從靈魂深處洶湧的憤怒堅持相抗。一路且戰且走回到基地，心底卻感覺不到絲毫輕鬆，此行不僅無法援救遭受攻擊的醫官隊，小隊倖存的四個人相顧更見惘然，逝去的兩縷英魂彷彿還在遠方為他們抵抗、爭取回家的道路。

深深的體會到自己的無力感，Ruf的心也逐漸低沉起來。雖然被半強迫回到德國接受心理看護與休憩了一段時間，Ruf最後還是回到阿富汗，因為他還有同袍摯友在那，他仍是一名忠貞、剛直的軍人。只是這一次，命運與戰爭之神對他開了一個更大的玩笑……。

最原始的戰爭——唯一進步的只有武器

回到阿富汗，無可避免的，在每天例行的巡防中總有幾次會遭受到埋伏戰。防不勝防，路上總是充斥著許多阿富汗居民，根本無從分辨誰是主張「聖戰」的一份子。外來軍人們只有堅持著最高警覺與反應，以面對隨時都可能從任何地方冒出來的「恐怖份子」。

這天，Ruf的部隊接到一個任務：協助他國的技術人員替一座小鎮安裝水塔。他不是很確切知道是哪一國的部隊與人員，因為他只隱約看見波蘭與美國的軍徽。但他也不需要知道，執行任務才是真正的軍人天職。

兩台裝甲車，軍官、士官、士兵總計十二名。一到達目的地，所有人立刻就定點備戰，Ruf實際的軍職專長是狙擊手，於是他和他的總角之交Heckler，各攜帶了兩把狙擊槍、一把手槍、一把G36步槍配五盒彈夾、地雷、化學面罩、軍刀、指環套、手榴彈三顆、燃燒彈及閃光彈、煙霧彈各一顆、一組地雷。除去兩把狙擊槍，整整十五公斤的配備掛在身上，並且須在頂樓埋伏至狀況解除、任務完成為止。但是對受過訓練的他們來說這又算的上甚麼呢？他們可曾在-30度的雪林中整整埋伏了十幾小時，期間只能緩緩移動一百公尺。

就在所有人佈防不久，第一波槍聲就響起了！

進入戰鬥狀況的狙擊手不斷從上方擊破一區又一區的自殺式攻擊，替兩輛裝甲車爭取空間與時間。但是周遭進攻包圍的人也越來越多了！終於，一台裝甲車被身負幾斤炸藥的敵人撲身進了車底，一陣炸裂正式擊響了喪鐘。

Ruf提著狙擊槍不斷在頂樓移動、射擊，試圖抵制外圍的恐怖份子。但他卻沒注意一柄火箭砲已瞄準了他從小玩到大的兄弟。

耳邊傳來一陣巨響，四處塵霧散漫，Ruf抬頭努力尋找他好友的身影，並試圖從外面的槍林彈雨中搶過一條路。他終於回到他兄弟的身旁，入目盡是炸彈碎片深深的嵌進Heckler的身軀，鮮血不斷從Heckler倒臥在地上的身體湧出，他的眼神已經開始散渙。

「兄弟，我就快要死了……」

這是他見到Ruf的最後一眼、最後一句話。

縱使紅了眼眶，淚水也不能流下，Ruf只能舉起狙擊槍帶著憤怒、發狂的將每一顆子彈送進敵人的頭顱、胸膛。直到他掃盡了狙擊槍裡每一顆子彈。

Ruf所待的頂樓底下是一間回教的禮拜堂。所有的老弱婦孺均躲藏在這裡，他們毫無反抗之力，唯有祈禱。終究還是有人闖進來，即使同是阿富汗人，並不代表他們會放過這些人。因為這是一場「聖戰」，他們是「自由戰士」。只要有人包庇、援助、與外國人交談、接受外國軍隊的幫助，那就等同是他們的敵人；他們是「恐怖份子」，而他們的恐怖將施虐於這些毫無抵抗力的老弱身上。只可惜他們再沒有時間一一清理這些人，發狂的德國人已經怒襲而來。

「……這是我第一次近距離對人射擊，就像電影一樣，血液、肉屑、腦漿、眼球四處噴濺在牆上，也沾染了我一身……」

Ruf四處穿梭在房間、通道內，他試圖殲滅所有想擊殺他的敵人。他的狙擊槍留在頂樓上，步槍配備的五盒子彈已經耗盡，手槍已不知何時失落在哪個房間，炸彈更是早早丟擲在外圍的敵軍身上。他的軍刀不曉得在撕裂第幾個人的咽喉時，被人從後面突襲一刀刺進右邊肩膀時，而掉落房間某處！他的身上只剩下打鬥用鋼製指環套。

「我已經沒有武器，只能將他擊倒在地上，然後不停打他的臉，不停的打，不停的打，不停的打……，直到我覺得他已經死了，我才站起來……」

在歷經三十分鐘的血腥廝殺後，援軍終於來到，是美國的部隊！Ruf撿起敵人掉落一旁的AK47，衝向門外，他試圖多擊殺幾名敵人，一顆子彈忽然從他的右乳下方略偏的位置貫穿而出，他只能無力的伏倒在地上！幸運的是援軍及時將他送至小鎮上的醫院。

「醫院就像地獄一樣，槍傷、炸傷、斷手斷腳、頭破腸流的傷患，一個接著一個被送進來，可是，外面的恐怖份子也沒打算放過這裡……」

於是在醫生對他做完簡單的處理後，Ruf的身影又出現在戰場上……。這場突擊戰在一個多小時後才宣告結束。此場戰役，十二名軍人僅存活五人，不能不說是他們幸運。因為他們遭遇到的是，兩百多名敵軍的襲擊！

這僅僅是一場不見經典的小戰爭，L卻被震得發傻，並且沉浸在Ruf親口述說的情景之中，彷彿身處其境，久久不能言語。

不如歸去——放捨不下身邊人

兩個月後，Ruf終於回到德國。他在阿富汗失去了太多，他永遠忘記不了當他最後一個捧著國旗走下飛機時，四周的哀泣聲；他永遠無法忘懷，摯友的雙親沉痛熾苦的目光，深深地烙印在他心底，很辛苦，很沉重，很難熬。

這是Ruf的最後一場戰役。之後他選擇繼續深造高中時就頗有興趣的中文，並且認識了他的女友，現在的妻子，並陪伴佳人回到台灣。Ruf的一位好友特地為此想了一個中國風的名字——「柯漢堂」。「柯」是德國姓氏的音譯，「漢堂」取中國最強大的兩個朝代，「漢」、「唐」的同音，也是華人最具代表性的字詞之一。

來到台灣，Ruf曾經陪著女友在她就讀的學校——高雄科技大學，旁聽了一段時期的課程，後來更決定利用軍中提供軍官出國研修的機會，選擇就讀了台灣的大學。Ruf於二

○○八年九月正式進入高雄應用科技大學，成了一名中尉階級的學生，而後在大學期間與L成了同窗好友。二○○九年七月，有情人終成眷屬，Ruf與女友帶著跨越國度的祝福在新竹完婚，而在Ruf帶著妻子回德國度蜜月的同時，他也向軍部辭去軍職。

二○一○年二月之後，Ruf將不再是軍人，他的辭去已被核准。

「我在這裡〔台灣〕待了一段時間，我已經無法再像以前一樣去作戰，我再也無法承受失去身邊的人，所以我決定離開……。」

「雖然在那裡的回憶很痛苦，可是也有美好的事情。有一對母子來醫院看我，並跟我道謝，還送了我一套阿富汗的傳統衣服……，她們很感謝我，尤其我後來知道小孩子的父親是誤被德國軍隊的砲彈擊中死亡的……，這件事情對我有很大的意義……。」

結語——軍中是社會的縮影

L離開Ruf家後，心情仍是澎湃的，很難想像Ruf的生涯如此戲劇化的發展。畢竟台灣很缺乏戰爭的意識，在軍中見到的長官只會把「磨練」放在嘴裡，遇到上級卻不敢反映，出了事就推東推西。

L不禁想起有一天總司令發令，「憲兵嚴格把關，軍營裡不准出現禁品與外食。」那時正好是L當值哨長，卻見一名中尉提了兩大袋食物回營，當然是先把他攔下來。只見那中尉不疾不徐的拿起手機撥給託他買東西的上校。上校先是打到哨亭，被哨長拒絕後，又打給連上值星官，連上長官立即來電話：「立刻放行！」。下了哨，安全士官看到L就調笑了一句：「快退伍了就大尾了吼？上校也敢刁難喔！」

回憶到這裡，L不禁笑了，常聽人家說：「軍中就是社會的縮影。」果是有三分道理啊！至於當過兵才是男人？台灣年輕一代的L還是無法理解那種當完兵就等於男人的公式究竟怎麼來的。

◎評審評語

涂妙沂：這是一篇人物報導，題材非常特殊，文字功力相當不錯，寫德國公爵之子在阿富汗上戰場的過程刻劃入微，讀來彷彿身歷其境，經歷戰爭中血腥殘殺的痛苦，以及失去同袍的悲慟，震撼人心。對於台灣軍隊的輕鬆散漫的寫實風貌，切中時弊。最原始的戰爭，進步的只有武器，更引發現代人對戰爭的反思。

這一篇讓我很掙扎，很特別的題材，可惜處理得有瑕疵。前面一段，作者想比較台灣軍人處在非戰時的散漫，與德國軍人真實上戰場的差異，特別帶出L這個人物，這是個敗筆，會讓人覺得像在讀小說。這裡其實用「我」來敘述就沒有問題了，就不會被扣很多分數，殊為可惜。順便提到另外一篇落選的作品「手紋」，寫婦女的生命史，內容相當精彩，也寫得像小說，但是因為內容比較瑣碎因而割愛。

報導文學這個文類常會發生這樣的爭議，很好的素材寫得像小說或是散文，大學的文學獎我比較沒有用嚴苛的標準來要求，今天評審認真的討論這個現象，藉這個機會讓大家來思考報導文學的書寫要素，以後對報導文學的特質能掌握得更好。

郭漢辰：報導文學顧名思義是文章的報導性與文學性都要兼具，此篇文章顯然過於偏重文學性，並且以報導文學較少見的小說體呈現。作者可能要考慮到報導文學的本質，讓文章更貼近這類文體，否則這樣的寫法，實在可以去參加小說組的競賽，技法相當高超。這篇是很不錯的小說體文類。

徐如宜：作者文筆流暢，情感細膩；描寫戰場氛圍，如歷其境。善用對比及呼應，擴大報導文學的張力。

◎得獎感言

平時自己總會寫一些東西，倒是真沒想過自己會來投稿。要不是楊美玲老師要求我們寫一篇報導文學並投稿的話，我想我可能還是會讓這次機會溜走！雖然只得了佳作，證明我還需要精進寫作能力，再加油吧！

二〇一〇高應大文學獎：報導文學組佳作

四人二甲／曾偉

蛻變

什麼是美？什麼是醜？什麼是成功？什麼是失敗？在人生漫漫的旅途當中，什麼是決定的關鍵？什麼又是改變的契機？

小智呱呱落地就活在眾人驚恐的眼光中，滿臉胎記，那是一個醜陋的印記，只有妖怪、魔鬼等字眼伴隨著每個日出到日落。不明白什麼是朋友？也不解生存的意義？更不懂為了什麼來到這人世間？別人的三言兩語，無論好壞，聽起來就像是一把無形的利刃塗滿著諷刺與歧視兩種劇毒。無法抗拒，亦無法逃避，深深地插入小智的心房，直到血流汨汨，直到劇毒遍及全身，至於那幼小的心靈，早已倒臥在血泊當中，聲嘶力竭地尋找一個喘氣的空間。

月落烏啼霜滿天的凌晨，原本是一個家庭擁抱新生命降臨的歡喜快樂，可是這一天卻

是驚天地、泣鬼神，彷彿撒旦降臨，天空頓時籠罩著愁雲慘霧，一名帶有邪惡印記（基督教稱之為惡魔使者）的孩子降臨於世。喧鬧吵雜，在那一刻凝結成冰，只聽到小生命墜地的哭啼聲音，劃過沉默的是父親離去的腳步，留下母親重重摔落地面的心碎，夾雜著些許淚珠。從眾人的反應中，可以知道「未來」這兩字對小生命來說，將是個充滿著阻礙與重重困難的人生旅途。

遠方傳來「惡魔」、「惡魔」……還來不及反應，一腳就被同學踢個正著，即使痛到說不出話來，仍故作堅強地讓雙唇微笑著。自尊早已消失無蹤，所渴望的僅是要一點點微小的關懷，日覆一日幻想著有一天能被大家接納、擁抱。然而現實是殘酷的代名詞，同學的眼裡，惡魔是帶給世間不幸與墮落，擁有一張如破布般醜陋不堪的臉孔，被當成奴隸呼來換去，像個搖尾乞憐的狗受盡欺凌。因為與惡魔劃上等號，師長本該雪中送炭的憐愛，想不到竟是雪上加霜；那一天，午餐鈴聲敲響整個校園，每個孩子最期待的時刻，莫過於享受一頓營養午餐，就是這樣的期待，擦亮了每個孩子的童年，但只有小智例外。那次的營養午餐，菜盤內剩下一隻雞腿，可是現場有兩個孩子，其中一個是小智，只見老師伸手往外一指，方向座落在一隻學校飼養的豬公上，然後再看著小智，似乎在暗示些什麼，雖然是個玩笑，卻讓敏感的小智更憎恨上學，還有這裡的一切。以玩笑為樂的老師，實不知道深深傷害了小智，這一切的記憶深烙在小智的腦海，直到上帝給小智另一個難題後開始轉變。

升上五年級之後，一位名叫黑狗的同學，是班上的孩子王，身邊總是跟隨許多小弟。黑狗為了給新分班的同學來場殺雞儆猴的戲碼，好強調自己是班上的老大，由於小智不討喜的臉孔，自然而然就成為黑狗儆猴的目標。於是黑狗開始欺負小智，對他拳打腳踢，起初小智只是默默的承受，不發一語，接著又以言語攻擊，黑狗說：「你媽媽是不是在街上當妓女呀？然後跟隔壁的老王偷情讓你爸爸戴綠帽，難怪你叫小智，就是智障的意思」，小智：「……」，黑狗：「怎樣？想打架？我說，你媽是妓女、你爸是烏龜、還有一個智障兒子，我想罵幾次，就罵幾次，你該不會有身心障礙手冊吧。」就因為這句話，黑狗觸動了小智積怨以久的憤怒，忽然整個人大變，像是一顆即將爆炸的原子彈，以時速三百公里往地面垂直降落，數不清新仇舊恨以及過往的委屈，再也忍不住了。所有的憤怒一次爆發；握緊拳頭，把拳頭砸向了黑狗，每一拳都帶著他的悲憤。

一個喀嚓的聲音，鼻樑應聲斷裂，左一拳、右一拳，在場的孩子全部睜大眼睛，甚至女同學發出尖叫，而黑狗則是跪地痛哭像個小孩子做錯事情乞求原諒。或許是堆疊許久的怨忿掩蓋了黑狗求饒的聲音，他無法控制自己，身體與腦袋亂了節奏，不停地出拳，直到筋疲力盡、氣喘呼呼，才停止那雙沾滿鮮血的雙手，在出拳的同時，似乎也在維護自己與家人的尊嚴。這一刻起小智明白只有打人才能捍衛他認為是對的一切，捍衛那失守以久的碉堡。電話那頭傳來老師的氣憤聲音，老師：「請問是薛媽媽嗎？我是五年平班的老師。難道作為父母的都沒在管嗎？我說你們教養真的很差，你那兒子我看根本是個過動兒，一下安靜一下就亂打人，像頭野狗似的……。」不停地斥責著，而小智的媽媽只能不停的說對不起、對不起、對不起，彷彿他們對不起所有人，彷彿她的兒子不能還手只能被欺負，而這些是理所當然，還是所謂的活該？

好不容易升上了小六。不同的是，沒有人敢再欺負小智，也沒有人敢說小智的是非。原本是黑狗殺雞儆猴的戲碼，卻意外翻轉過來了，小智成為班上的老大，而黑狗成了小智的小弟。所有人都用畏懼的心態在跟他、躲他，可是卻沒有人明白，小智的內心是寂寞、是孤獨的，是渴望擁有朋友。只會打架並不是真正的小智，然而日子一天一天的過去，就像沒有靈魂的空殼般，虛度著光陰，唯有藉著打架才能稍微貼近自己、肯定自己。也正因為太孤單、太寂寞，於是自我了斷的念頭便開始孳長在他的心裡。

自殺是擺脫這無情世界的方法、也是一種最不負責任的方法，可是想到父親、想到母親，小智猶豫了，雖不相信有愛，但是父母仍是呵護著他。雖然父親一開始很不能接受，但說到底還是很在乎這唯一的兒子。在這樣混亂的日子與思緒當中，邱比特的箭不知何時射向了小智，小智認識了一名女孩，起初他只是靜靜的觀察，偷偷的喜歡著，可是任誰都不會喜歡小智，因為難看的臉孔，加上暴力的傾向，任誰都會退避三舍！更別說是這麼可愛的女孩子，會去喜歡上一個全校最醜陋的男生。但偏偏造化弄人，女孩竟也對小智頗有好感。

體育課，小智買了瓶礦泉水，有人急急忙忙的跑來，上氣不接下氣的說，「她……明天就要……去美國了」。一聽到這個消息，飛奔似地衝往女孩的班上，一樓、二樓、三樓，終於抵達了，氣喘如牛的小智，用盡吃奶的力氣，對著女孩的班級大喊，小智說：「劉家好，我一定要告訴妳，我心中的秘密，就是、就是……我喜歡妳，請妳當我的女朋友，即使只能跟你在一起一秒我也願意。」現場一片安靜，只留下低眉垂眼的女孩，點了點頭。原來去美國是一場烏龍，女孩問：「如果沒有去美國你會跟我告白嗎？」一搭著女孩的肩，小智用行動告訴著女孩，他會！在交往的期間，是人生當中最快樂的時候，也是第一次覺得這個世界是公平的。因為女孩的關係小智不再使用暴力、說三字經，也成為班上最具熱心服務的人。第一次他的真心被人看見，第一次他的付出被人接納，也真正感受到人生是有意義的。然而天下無不散的筵席，好景不常，就在六下開學的時候，女孩轉學

了，沒有任何的通知，也沒有任何的訊息，心急如焚的小智聯絡不到也找不到，連跟她告別的機會都沒有。於是心痛大於哀莫，整個人像是被抽離了靈魂般，猶如行屍走肉地回到以前漫無目的的生活。他又再一次明白上帝一直在開他玩笑，不停的不停的，曲終人散之後終究還是要面對孤獨，但孤獨又何嘗不是小智最熟悉的感覺？

升上了國中，小智嘗試著與他人相處，然而醜陋的外表還是讓他四處碰壁，或許是上了國中大家比較成熟了一點，雖然大家都把小智當成透明人，不過這樣對小智來說是在好不過。阿偉是小智在國中最好的知己，阿偉是一個叛逆的小孩，喜歡逞兇鬥狠，學校裡的課業一塌糊塗，他跟小智一樣在班上也沒什麼朋友。有一次阿偉因為成績太爛面臨著退學的問題，加上沒有朋友，心中滿是懊惱，想想連國中都沒畢業，未來該怎麼辦，這時他最意想不到的人小智伸出了援手陪著他上學、放學，當下阿偉很感動，於是兩人每天都到圖書館K書，漸漸地小智與阿偉變成了好朋友。甚至小智被其他班嗆聲或者欺負時，阿偉都會挺身而出，小智開始體會到另一種溫暖，雖然他悲天憫人的本性，仍舊常常自怨自艾，可是擁有朋友卻讓他豐富了整個生活，漸漸地不討厭自己的面貌，也不排斥這個世界，但是他還在學習、學習著如何與內心最深處的自我相處，光陰似箭，一轉眼小智便上了高中。

上了高中，積極想表現自己的小智參加了許多比賽，一個全班性歌唱比賽，身為體育股長，認真準備，每天練習，熬夜到十二點，熟記每個旋律以及歌詞，為的就是帶領班上取得榮耀，絲毫不覺得辛苦。然而在比賽當天看似一切順利，宣布完得獎名單時，知道自己的班級沒有入圍，辛苦許久的小智覺得很難過，難過之餘又聽到同學說，一定是我們的體育股長長的太難看才會輸掉比賽，其他同學跟著附和，聽在小智心理的疼像是在傷口上撒鹽，練習許久的功勞沒有半點掌聲與鼓勵，換來的盡是批評與意見。原本常態的小智，再一次厭惡自己的面容，正巧看到桌上有美工刀，順手便在手腕劃上幾筆，鮮豔的顏色炫目而出，身體的痛怎麼樣也比不上心痛，看著鮮血彷彿看著自己的不公平、彷彿醜陋是他揮不去的咒詛，想著想著，不禁哭了出來，之後救護車便把他送往宜蘭仁愛醫院。在醫院休養的這段期間心理醫師殷切的照顧、志工阿姨無私的關懷，小智又看到了許多比他更醜陋甚至身體有殘缺的人，他們的臉上沒有一絲笑容，眼睛裡充滿了血絲，看透這個景象，小智已然明白自己是很幸福的，至少還擁有一個健康的身體，能動、能跑、也能笑，此刻的小智茅塞頓開，不再自怨自艾。

回到學校後，積極向學的小智，已經不在乎別人的冷言冷語，努力的讀書，為了證明自己的能力，以六〇七高分考取了國立虎尾科技大學資訊管理學系。上大學後仍不忘更

上層樓，考取相關科系的證照與通過英語語言能力檢定。又拜現代醫療科技與美容技術之福，小智也去做了雷射，整個面貌煥然一新，心裡的陰霾豁然開朗，未來的人生旅途不再是沮喪，不再是頹廢，祝福取代咒詛；內心充滿自信。

長的醜不是每個人自願的選擇，也不是你所能改變的，能改變的地方反而是自己的內在，雖然醜陋會讓人失去信心，在這個世界也會得到較多的不公平，但是就像小智的故事一樣，幾番波折，到最後頓悟人生。外表並不是決定一切的標竿，一路上的風風雨雨是上帝的試煉？或是魔鬼的技倆？抑或是一種對自我的考驗？只有突破了包覆在身上的厚繭，才能重見光明，也才能被光明重見。

◎評審評語

凃妙沂：這是一篇人物的報導，有著醜陋胎記的小智，生命奮鬥的故事真實感人，從被同儕排斥到成為校園霸權的過程讓人辛酸，直到他被暗戀的異性所接受，因愛情而產生自信的轉折，是非常勵志的人物報導。小智氣喘如牛的那段真情告白：「……即使只能跟你在一起一秒，我也願意。」讓人動容。

郭漢辰：以散文手法，描寫小智的個人生命史，將其生命歷程的點滴血淚，都寫進文章裡，也是散文體的報導文學。

徐如宜：滿臉胎記的主角越過生命險阻而蛻變，讀者也隨文字轉折而成長。

文中主角原本僅以化名呈現，稍弱；最後一幀照片坐實報導文學應立基事實書寫，走強。

◎得獎感言

首先我要感謝美玲老師給予我的指導。還好有老師從中細心的指導，讓我對國文重拾信心，連最後得獎的時候，內心的驚訝還大過於喜悅。保持著熱忱，相信你的可能，我從這比賽中得到的不只是佳作，而是另一種更深沉的自我肯定。

◈報導文學評審簡介

凃妙沂：出生台南縣，中興大學中文系畢業，加州法界佛教大學研究所碩士班肄業。曾任職出版社特約主編、報社副刊編輯、文史撰述、加州中學中文教師，從事文化工作、環保志工二十年，曾參與高雄市作家數位影像資料專案，目前是生態紀錄片編劇、書寫人物傳記。

曾獲林榮三文學獎、打狗文學獎、台北文學獎、南瀛文學獎現代詩獎、葉紅女性詩獎等，兩度榮獲高雄市文學創作獎助——散文類與報導文學類、府城文學獎集結成冊散文類正獎。著有：散文集《土地依然是花園》。編有《柴山主義》。合集有：《鋼板在吟唱——台船歷史》、《花紋樣的生命》、《夜合花——客家原香》、《在夢境的入口——高雄民間故事集》。

郭漢辰：郭漢辰，一九六五年生，曾任地方記者，目前為自由寫作者。擅長以飛揚的想像力，在寫實世界中加入荒誕色彩，以簡單文字在樸實情節裡，刻畫細膩情感，讓人在反覆咀嚼後，領悟出生命的深刻體認，並把文學創作當成人生信仰、最終依歸。

作品豐富多樣，曾獲台北文學獎年金類正獎、寶島文學獎首獎、宗教文學獎、懷恩文學獎以及高雄打狗文學獎首獎等。著有長篇小說《記憶之都》、《天地》、《突圍》；短篇小說集《封城之日》、散文集《和大山大海說話》、詩集《地球每天帶著一點遺憾在轉動》，個人udn部落格——南方文學不落城　郭漢辰文學館http://blog.udn.com/s1143

徐如宜：台北廣播電台節目主持人；現任聯合報資深特派記者，先後駐基隆、恆春半島、高雄市。

台新藝術獎第一屆至第七屆提名委員。

曾獲內政部九十六年家庭暴力、性侵害、性騷擾防治及兒童保護優質新聞獎；行政院消保會二〇〇九消費者權益報導獎平面媒體類平日報導獎。

附錄

《二〇一〇高應大現代文學創作獎》徵文辦法

一、比賽辦法：

參加對象：全校學生（含研究生）

活動日期：徵稿時間自第二學期開學日二〇一〇年二月二十二日（週一）起，二〇一〇年三月十五日（週一）中午十二點止

投稿地點：文化事業發展系辦公室（西三〇一）

比賽項目：分新詩、散文、短篇小說、報導文學等四項。

字數限定：

（一）新詩：以六十行為上限。

（二）散文：以五千字為上限。

（三）短篇小說：以一萬五千字為上限。

（四）報導文學：以一萬字為上限。參賽者得附照片，但以十張為限。無照片並不影響參賽資格及評分。

比賽規則：

（一）投稿時請至文化事業發展系網站下載報名表，填妥後，連同作品一式三份，送至文發系辦公室。請自留底稿，恕不退稿。

（二）作品請以A4橫向書寫，直向列印，十四級字，固定行高，25 pt，新細明體。作品上不得留下任何記號或美編。

（三）每人得同時參與上述四項比賽，唯每項比賽限投一篇作品。

（四）參賽作品必須是未經得獎或任何一地公開發表者（包括網路），並不得有抄襲行為。違規者，將取消參賽資格。若得獎之後才發現，除追回獎品及獎狀外，並公布其違規情形之事實，以校規處分。

（五）若得獎之後才發現作品超過字數規定，將取消得獎資格，並追回獎品及獎狀。

二、獎勵方式：參賽作品由校內老師初審，再聘校外作家、老師公開決審，分別選出：

（一）短篇小說、報導文學各錄取三名、佳作兩名：

第一名：五千元獎金或等值獎品及獎狀乙幀

第二名：四千元獎金或等值獎品及獎狀乙幀

第三名：三千元獎金或等值獎品及獎狀乙幀

佳作兩名：一千元獎金或等值獎品及獎狀乙幀

（二）新詩、散文各錄取三名、佳作兩名：

第一名：四千元獎金或等值獎品及獎狀乙幀

第二名：三千元獎金或等值獎品及獎狀乙幀

第三名：二千元獎金或等值獎品及獎狀乙幀

佳作兩名：五百元獎金或等值獎品及獎狀乙幀

三、其他：

決審講評座談會之場次、時間、地點另行公布，參賽同學皆可出席。

得獎名單公布於學校首頁、文發系辦公室前與校園公布欄。

頒獎典禮擇期公開舉行。

得獎作品需提供電子檔，以利發表在文發系網頁、文藝網。

得獎作品本單位有權利出版或推廣張貼，不另行支付稿費。

國家圖書館出版品預行編目

划過日月，搖過潭：高應大現代文學創作獎得獎作品集.
2010 / 國立高雄應用科技大學文化事業發展系編.--
一版. -- 高雄市 ：高應科大文發系, 2010.06
面； 公分. --（語言文學類；ZG0070）
BOD版

ISBN 978-986-02-3526-5（平裝）

830.86 99008983

語言文學類 ZG0070

划過日月，搖過潭
——2010高應大現代文學創作獎得獎作品集

編　　　者 / 高雄應用科技大學文化事業發展系
執 行 編 輯 / 邵亢虎
圖 文 排 版 / 陳湘陵
封 面 設 計 / 陳佩蓉
數 位 轉 譯 / 徐真玉　沈裕閔
圖 書 銷 售 / 林怡君
法 律 顧 問 / 毛國樑　律師
出　版　者 / 高雄應用科技大學文化事業發展系
高雄市三民區建工路415號
電話：07-3814526 轉3231　傳真：07-3830631
印 製 經 銷 / 秀威資訊科技股份有限公司
臺北市內湖區瑞光路583巷25號1樓
電話：02-2657-9211　傳真：02-2657-9106
E-mail：service@showwe.com.tw

2010 年 6 月　BOD 一版
定價：310 元

·請尊重著作權·

讀　者　回　函　卡

感謝您購買本書，為提升服務品質，煩請填寫以下問卷，收到您的寶貴意見後，我們會仔細收藏記錄並回贈紀念品，謝謝！

1.您購買的書名：______________________________

2.您從何得知本書的消息？

☐網路書店　☐部落格　☐資料庫搜尋　☐書訊　☐電子報　☐書店

☐平面媒體　☐ 朋友推薦　☐網站推薦　☐其他__________

3.您對本書的評價：(請填代號　1.非常滿意 2.滿意 3.尚可 4.再改進)

封面設計____　版面編排____　內容____　文/譯筆____　價格____

4.讀完書後您覺得：

☐很有收獲　☐有收獲　☐收獲不多　☐沒收獲

5.您會推薦本書給朋友嗎？

☐會　☐不會，為什麼？____

6.其他寶貴的意見：____

____

____

____

讀者基本資料

姓名：____________________　年齡：______　性別：☐女　☐男

聯絡電話：________________　E-mail：____________________

地址：____

學歷：☐高中(含)以下　☐高中　☐專科學校　☐大學

☐研究所(含)以上　☐其他________________

職業：☐製造業　☐金融業　☐資訊業　☐軍警　☐傳播業　☐自由業

☐服務業　☐公務員　☐教職　☐學生　☐其他___________

請貼
郵票

To：114

台北市內湖區瑞光路 583 巷 25 號 1 樓

秀威資訊科技股份有限公司　收

寄件人姓名：

寄件人地址：□□□

(請沿線對摺寄回,謝謝!)

秀威與 BOD

BOD（Books On Demand）是數位出版的大趨勢，秀威資訊率先運用 POD 數位印刷設備來生產書籍，並提供作者全程數位出版服務，致使書籍產銷零庫存，知識傳承不絕版，目前已開闢以下書系：

一、BOD 學術著作—專業論述的閱讀延伸
二、BOD 個人著作—分享生命的心路歷程
三、BOD 旅遊著作—個人深度旅遊文學創作
四、BOD 大陸學者—大陸專業學者學術出版
五、POD 獨家經銷—數位產製的代發行書籍

BOD 秀威網路書店：www.showwe.com.tw
政府出版品網路書店：www.*gov*books.com.tw

永不絕版的故事・自己寫・永不休止的音符・自己唱